Magische Nächte in Marrakesch

Helene Brochett

Magische Nächte in Marrakesch

Wie ich lernte, das Leben mit allen Sinnen zu begreifen,
und sich dabei Zeit und Raum verschoben

Bibliografische Information der Deutschen Nationalbibliothek:
Die Deutsche Nationalbibliothek verzeichnet diese Publikation in
der Deutschen Nationalbibliografie;
detaillierte bibliografische Daten sind im Internet über
http://dnb.d-nb.de abrufbar.

© 2010 Helene Brochett
Satz, Umschlagdesign, Herstellung und Verlag:
Books on Demand GmbH, Norderstedt
ISBN: 978-3-8391-5716-9

Inhalt

Das Flugzeug setzte mit einem Ruck auf, bremste scharf ab und rollte langsam aus. Wir kamen etwa hundert Meter vor dem Flughafengebäude zum Stehen. Als Marianne und ich aus dem Flugzeug auf die Treppe hinaustraten, schlug uns heiße und trockene Luft entgegen. Wie durch eine Wand wurde ich in diese Welt hineingestoßen. Der Himmel war violett gefärbt und milchig schimmerte das Licht durch den dünnen Staub um uns herum.

Vor der Einreise mussten wir sehr lange warten. Es ging und ging nicht weiter. Hatte jemand ihnen den Pass überreicht, gaben die Kontrolleure etwas in ihren Computer ein und warteten dann endlos, bis sie die Papiere mit einer Kopfbewegung als Zeichen, dass die Einreise in Ordnung sei, wieder zurückgaben. Einige Leute regten sich sehr über dieses Verfahren auf. Marianne und ich ließen uns dadurch nicht aus der Ruhe bringen und sahen etwas belustigt auf die Hektik einiger Leute am Beginn ihres Urlaubs. Doch auch ich wurde schon bald sehr nervös und aufgeregt, denn nach dieser Warterei an der Passkontrolle hielt ich an der Gepäckausgabe vergeblich nach meinem Koffer Ausschau. Alle anderen Passagiere aus unserer Maschine hatten ihr Gepäck schon vom Laufband heruntergehievt, meines hingegen fehlte. Zunächst war auch kein Servicepersonal zu finden, bei dem ich den Verbleib meines Gepäcks hätte reklamieren können. Ich befürchtete, dass mein Koffer von anderen Leuten aus Versehen oder sogar mit Absicht mitgenommen worden war. Außerdem bangten Marianne und ich darum, dass der Taxifahrer, der uns im Auftrag unseres Gästehauses abholen sollte, ohne uns wegfahren könnte, weil er womöglich annahm, wir seien nicht angekommen. So ging Marianne hinaus, um ihn aufzuhalten, bis ich die Angelegenheit mit meinem Koffer geklärt hätte.

Endlich, nachdem ich an alle Türen im Ankunftsbereich geklopft und einige Leute, die für die Aufsichts- und Gepäckkontrolle zuständig waren, gefragt hatte, fand ich zwei Leute vom Personal der Fluggesellschaft. Es war schwierig, sich mit ihnen zu verständigen, denn sie taten zunächst so, als würden sie mich nicht verstehen, obwohl mein Englisch und mein Französisch passabel sind. Erst nachdem ich, genervt über diese Ignoranz, sehr energisch darauf bestand, dass eine Verlustmeldung für meinen Koffer aufgenommen werden solle, gaben sie sich hilfsbereiter. Doch sosehr ich auch fluchte und meine Probleme, die ich ohne Koffer haben würde, darlegte, blieb er verschwunden, und sie konnten mir auch nicht sagen, ob er schon unterwegs verloren gegangen oder vom Gepäckband gestohlen worden war. Sie versprachen mir nur, mich im Hotel zu verständigen, sobald die Suchmeldung etwas ergab.

Verärgert und aufgeregt eilte ich nur mit meinem Handgepäck bepackt zur wartenden Marianne. Nach dem ganzen Hin und Her verließen wir den Flughafen mit dem Taxifahrer erst eineinhalb Stunden nach der Landung. Auf dem Weg zur Stadt war alles immer noch in diese fremdartige violette Farbe getaucht, die wir bereits beim Verlassen des Flugzeugs bemerkt hatten. Es kam mir vor, als befände ich mich in einer surrealen, mit unnatürlichem Licht durchfluteten Welt. Es erinnerte mich an eine Lichtkonstruktion von James Turrell.

Wir fuhren auf einer geraden, vierspurigen, von Palmen und Blumenrabatten gesäumten Straße in die Stadt hinein. Nach einer Weile kamen wir an einer weitläufigen modernen Ferienanlage vorbei, an der teilweise noch gebaut wurde. Die bereits fertiggestellten Gebäude waren in einem altrosa Ton gestrichen, der wie Terrakotta wirkte. Später tauchten hinter langen hohen Mauern große Villen auf. Auch diese Mauern und Häuser waren in der altrosa Farbe gestrichen. Die Abendsonne erleuchtete einzelne Flächen hell und brachte die Farben glutrot zum Strahlen. Vor dem violetten Himmel verstärkte dies noch den Eindruck einer anderen Wirklichkeit. Die Häuser hatten Flachdächer, Bogengänge, Säulen und umlaufende Balkone. Sie waren mit Blumen und Grünpflanzen bewachsen, zwischen denen Palmen standen. Die Rollläden an den Fenstern waren zum Schutz vor der Sonne und der Hitze heruntergelassen. Vom Leben in den Häusern war nichts zu erspähen.

Später säumten große Oliven- und Obstbaumanlagen die Straße. Alle diese Plantagen waren eingezäunt und von Bewässerungsgräben durchzogen. Schon näher an der Stadt kamen dicht bevölkerte Stadtviertel, durch die die Straße mitten hindurchführte. Die Tische und Stühle in den Straßencafés waren voll besetzt und viele Menschen waren unterwegs. Frauen mit Kindern im Schlepptau trugen schwere Einkaufstaschen und eilten nach Hause oder ins nächste Geschäft. Überall war es staubig.

Über mehrere Kreuzungen und Kreisverkehre fuhren wir weiter in die Stadt hinein. Ständig tauchten wieder links oder rechts lange Mauern mit dicht aneinanderstehenden Wohnhäusern dahinter auf. Dort ging die Farbe des Lehmputzes in Beige oder Grau über. Auch hier brachte die Abendsonne die Flächen in einem warmen Ton zum Strahlen. Wieder vor einer Mauer standen mal in großen, mal in kleineren Gruppen Frauen mit Kindern herum. Andere Frauen flanierten ins Gespräch vertieft auf einem Pfad, der entlang der Mauer verlief, Kinder tollten herum. Nur ganz wenige Männer waren zu sehen. Offensichtlich war dies der abendliche Frauentreffpunkt im Quartier.

Dann kamen wir an eine Kreuzung mit Palmen in der Mitte, mehrere Nationalflaggen von Marokko wehten im Wind. Dort war der Verkehr dichter und wurde von Polizisten geregelt. Inzwischen brannte die gelbe Straßenbeleuchtung und das violette und rote Licht am Himmel wich der Dämmerung.

Wir fuhren in eine schmale Straße hinein. Links sahen wir wieder eine hohe Wand, die unregelmäßig verlief und rötlich grau verputzt war. Zweistöckige fensterlose Häuser säumten hier die Straße. Eselskarren, Mopeds, Fahrräder, Lastwagen und klapprige Autos fuhren wild durcheinander durch die engen Straßen. Auf einigen wurde Gemüse transportiert, an einigen Stellen sah man, dass es abgeladen wurde. Auf anderen Fahrzeugen waren Möbel oder einfach nur Schutt bis über die Ladeflächenkante hinaus aufgetürmt. Massen von Steinen wurden auf alten Karren transportiert, die Gefährte drohten beinahe darunter zusammenzubrechen. Dazwischen hasteten Menschen durch die

Straßen, aus den Läden und Höfen heraus. Im Erdgeschoss der Häuser waren Handwerksbetriebe untergebracht, in denen Tischler und Metallhandwerker arbeiteten. Überall war emsige Geschäftigkeit zu erkennen. Durch einige kleine Fenster und Türen war zu sehen, dass in den kleinen dunklen Räumen Lampen oder Waschbecken bis an die Decken aufgestapelt waren.

Durchs offene Taxifenster hörten wir den Lärm dieser Betriebsamkeit. Es war ein verwirrendes Durcheinander von Stimmen, Rufen, Gebrüll, Geknatter, Hupen und Hämmern. Der Taxifahrer fluchte manchmal, weil ihn andere Verkehrsteilnehmer behinderten, oder er rief aus dem Wagen einem Passanten oder anderen Autofahrern etwas zu. Die Straßen wurden noch enger und das Gewusel, Gedränge und Gewimmel wurden immer dichter. Rechts von der Straße gingen zwischen den Häusern winzige Gassen ab, an deren Ende nur hohe Mauern zu sehen waren; entweder mussten die Gassen an den Wänden enden oder sie bogen rechtwinklig ab. Links der Straße war eine hohe Mauer mit einem großen Tor zu sehen: das »Lycée Mohammed V.« – so stand dort in großen Buchstaben angeschrieben.

Auf einmal, nachdem es uns vorgekommen war, als würden wir endlos durch dieses Straßengewirr der Medina, der Altstadt, fahren, hielt der Taxifahrer an. Rechts löste sich aus dem Schatten einer Gasse ein junger Mann mit einem Handkarren und kam auf das Taxi zu. Der Fahrer und er begrüßten sich mit Schulterklopfen. Die Koffer wurden vom Taxi auf den Handkarren umgeladen und der junge Mann bat uns, ihm in die dunkle Gasse, zwischen zweistöckigen Häusern hindurch, zu folgen.

Auf dem Boden lagen Schutt und Eselsdreck. Es stank unangenehm und aus einer Leitung tropfte Wasser. Kinder saßen vor einer unscheinbaren Tür, in einer Seitengasse tollten weitere Kinder herum und kreischten laut beim Spielen. Zwei Laternen gaben spärliches Licht ab. Es kam mir unheimlich vor und bei dem Gedanken, die nächsten Tage in dieser Gegend verbringen zu müssen, war mir mulmig zumute. Ich fragte mich, auf was ich mich eingelassen hatte und was mich erwarten würde. Am Ende der Gasse hob sich, im Gegensatz zu den heruntergekommenen grauen Häusern rundum, eine rote, leuchtende Ziegelmauer ab. Die Steine waren versetzt in einem Zickzackmuster gemauert und wurden so angestrahlt, dass die entstehende Schraffur sich plastisch hervorhob. Eine lackierte Tür aus massivem Holz, mit Stahlnägeln beschlagen, stach aus der Mitte der Mauer hervor. Links neben der Tür war ein Schild angebracht, auf dem in gelben, schnörkellosen Buchstaben auf dunkelblauem Grund stand: »Riad Noga«. Unser Begleiter schellte und nach etwas Wartezeit wurde die Tür langsam geöffnet. Wir traten ein und ein junger Mann begrüßte uns auf Französisch: »Bon soir, Mesdames, bienvenue!« Langsam gingen wir weiter und vor Staunen blieb uns der Mund offen stehen über die neue zauberhafte Welt, die sich vor uns auftat. Durch Enge, Dreck und Gestank hindurch waren wir auf einmal in einer Idylle wie in einem Märchen angekommen.

* * * * *

Die Monate und Wochen vor unserem Abflug waren für mich sehr anstrengend gewesen. Ich hatte neue Aufgaben zu meinem bisherigen Verantwortungsbereich hinzunehmen müssen und war ständig unterwegs. Mindestens einmal in der Woche war ich mit der Bahn oder mit dem Flugzeug in verschiedenste Städte Deutschlands gereist, um Kundengespräche zu führen, Verträge zu verhandeln und Aufträge abzuwickeln. Manchmal war ich über mehrere Tage von zu Hause weg gewesen. In den wenigen verbliebenen Bürotagen hatte ich meine Arbeit im Team abstimmen und all das abarbeiten müssen, was nicht über das Firmen-Netzwerk schon von unterwegs hatte erledigt werden können. Oft musste ich im Büro zuerst einen Vormittag lang Hunderte Mails abarbeiten, die in meinem Postfach lagerten. Für die Dienstreisen hatte ich oft sehr früh aufstehen müssen, damit ich das erste Flugzeug oder den ICE bekam. Abends war es mit der Rückreise auch meistens spät geworden. Die Nickerchen im Zug brachten zwar eine kleine Erholung, aber das Schlafdefizit war damit nicht auszugleichen und eine richtige Entspannung brachte das ohnehin nicht. Ich hatte vielmehr das Gefühl, dass sich meine Nacken- und Schulterpartie immer mehr versteifte, weil der Kopf beim Schlafen im Sitzen nach vorne fiel. Selbst im Bett liegend war ich dadurch im Nacken verspannt. Ich hatte nur noch wie ein Räderwerk funktioniert und alle Kraft gebraucht, um mich auf den Job und die Anforderungen zu konzentrieren. Ich war gar nicht darauf aus gewesen, im Urlaub auch noch von zu Hause weg zu sein.

Meinem Mann war es nicht viel besser ergangen, wenn auch aus anderen Gründen. Er hatte eine Flaute in seinem Geschäft. Neue Kollektionen waren bestellt und das Lager war noch übervoll, aber es fehlten die Kunden, die die Waren kauften. Die Betriebsmittelkredite drückten, das Geld für die Gehaltszahlungen der Angestellten musste beschafft werden und neue Werbekonzepte kosteten wieder zusätzliches Geld. Er war immer nervöser geworden und seine Stimmung gereizter und verbrachte mehr Zeit als jemals zuvor in seinem Laden. Bald hockte er zu Hause nur noch über seinen Geschäftspapieren. Da ich so viel unterwegs war, fanden wir kaum Zeit für Gespräche. Für gemeinsame Muße und Zärtlichkeiten hatten wir beide keine Zeit mehr. Wir waren viel zu sehr mit unseren beruflichen Aufgaben beschäftigt und lebten immer mehr nebeneinanderher.

Als mich meine Freundin fragte, ob ich sie nach Marrakesch begleiten könnte, wollte ich zuerst ablehnen. Was sollte ich in einer fremden Stadt in Marokko? Ich brauchte viel eher Zeit für mich selbst und meine Ehe, wenn ich denn überhaupt freimachen und Urlaub nehmen konnte. Ich hatte mich darauf gefreut, auszuschlafen, unsere schöne Wohnung zu genießen, ein spannendes Buch zu lesen, mit meinem Mann etwas Gutes zu kochen und es genüsslich bei einem schönen Wein zu verspeisen. Doch Marianne ließ nicht locker. Sie hatte sich eigentlich zusammen mit ihrem langjährigen Lebenspartner eine Woche Marrakesch gönnen wollen, um der kriselnden Beziehung neuen Schwung zu geben. Doch dann hatten sie sich drei Wochen vor der Reise leider endgültig getrennt. Sie war daraufhin bemüht, die Trennung zu verarbeiten, und wollte die Reise dennoch antreten, aber nicht allein. Sie bearbeitete mich so lange, bis sie mich eine Woche vor der Reise überredet hatte. Mein Mann bestärkte mich darin, zu reisen, und sagte: »Bevor du dich weiter für deine Arbeit so kaputt machst und ich dadurch auch noch deinen Stress mit abbekomme, gönne du dir wenigstens Erholung. Ich arbeite derweil lieber ungestört weiter an der Lösung meiner geschäftlichen Probleme. Leiste deiner Freundin Gesellschaft und tue was für dich, indem du abschaltest.«

Also hatte ich kurzerhand einige Termine verlegt und eine Woche Urlaub eingereicht. Die Umbuchung des Flugs auf mich lief problemlos und im Gästehaus war es sowieso gleich, wer sich mit Marianne das Zimmer teilte. Eingestellt hatte ich mich auf diese Reise jedoch nicht, dazu ging es viel zu schnell. Ich hatte auch keine Zeit gehabt, mir Literatur über Marokko und Marrakesch zu beschaffen, geschweige denn vorher etwas darüber zu lesen. Bis zur letzten Minute in der Nacht vor unserer Abreise hatte ich gepackt, denn bis spätabends hatte ich noch im Büro die letzten Aufträge rausschicken und Verträge unterschriftsfertig machen müssen. Als wir im Flugzeug unsere Plätze eingenommen hatten, hatte ich nur tief durchgeatmet und mich zum Schlafen zurechtgerückt.

In Madrid mussten wir in ein anderes Flugzeug umsteigen. Die etwa zwei Stunden Aufenthalt dort waren fast vollständig dafür draufgegangen, auf diesem riesigen neuen Flughafen von einem Terminal zum anderen zu kommen. Beeindruckt hat mich das Terminal, an dem wir ankamen: Riesige Betonpfeiler mit aufgesetzten V-förmigen Stahlträgern stützten das wellenförmig gestaltete Dach einer unendlich langen hohen Halle. Die Dachunterkonstruktion war mit Holzstäben ausgekleidet, die die Wellenform noch verstärkten. Die Stahlträger waren gelb, später orange und rot gestrichen, wodurch die unterschiedlich benannten Terminalbereiche farblich gekennzeichnet und getrennt wurden. Beeindruckt sah ich mir alles genau an. Moderne

Lampen mit zur Decke reflektierenden Flächen betonten durch indirekte Beleuchtung die Schwingung noch zusätzlich. Doch am Nachmittag war künstliches Licht nicht nötig, denn die riesigen Glasflächen an beiden Seiten ließen die spanische Sonne in die Halle herein. Dadurch entstand ein lichtdurchfluteter Raum mit ungehindertem Blick auf das Flugfeld und die Umgebung. Das weit überstehende Dach und gute Klimatisierung schufen eine angenehme Atmosphäre. Der Andrang und die Eile der vielen ankommenden und abfliegenden Passagiere wurden durch die Großzügigkeit der Architektur dezent abgemildert. Ein gigantisches Werk moderner Architektur, das die Empfangsgebäude aller deutschen Flughäfen, die ich kannte, weit in den Schatten stellte.

Als ich unser Flugticket von Madrid nach Marrakesch am Flughafen näher besah, war ich zunächst ins Stutzen geraten, würden wir doch nach den ausgewiesenen An- und Abflugzeiten trotz fast zweistündigem Flug in Marrakesch früher ankommen, als wir in Madrid starten würden. Nach etwas Überlegen war mir natürlich klar geworden, dass dies durch die Zeitverschiebung zustande kam. Doch diese zwei Stunden, die uns damit an diesem Tag geschenkt wurden, waren im Rückblick bereits ein Vorzeichen für das, was mich danach erwartete. Ich wurde, so sehe ich es heute, an diesem Tag regelrecht in eine andere Zeit hineinkatapultiert. Die Veränderung des Blickwinkels, die Flut von neuen Eindrücken und die Infragestellung der Realität waren etwas, das mir von nun an auf dieser Reise begegnen würde.

* * * * *

Für Marianne und mich war es der erste Besuch in Marrakesch und Marokko. Wir hatten uns vor der Abreise versprochen, nicht über die Probleme, die uns vor der Reise beschäftigt hatten, zu reden, sondern uns ganz auf Marrakesch einzulassen. Entsprechend erwartungsvoll standen wir dann im »Riad Noga«. Wie zuvor von den Angestellten wurden wir nun von der deutschen Besitzerin freundlich begrüßt und durften in einer Nische auf großzügigen Sitzbänken mit weißen Leinenpolstern Platz nehmen. Wir bekamen einen Begrüßungstrunk und schauten uns noch wie benommen um.

Nach einer Weile erkannte ich, dass wir uns in einem quadratischen, wunderschönen Innenhof befanden. Das Erfassen dieser neuen Umgebung nahm mich gefangen und ich versuchte, mir alles genau einzuprägen. Auf zwei Seiten waren heimelig ausgeleuchtete Gesellschaftsräume, einer mit einem riesigen Esstisch, der andere mit Sofas ausgestattet. Die breiten Holztüren, die in diese Räume führten, waren weit geöffnet. Im Hof standen drei Bäume, deren Kronen bis über den ersten Stock hinausragten. Schlingpflanzen rankten sich an den Mauern nach oben. In überdimensionalen Keramikschalen und Kübeln aus gebranntem Ton wuchsen Bananenpflanzen, Palmen und blühende Sträucher. Der Fußboden war mit türkis und blau glasierten Fliesen ausgelegt. Das Muster und die Farben der Bodenfliesen fanden sich in einem Fries auf halber Wandhöhe auf einer cremeweiß gekalkten Wand wieder. In der Mitte des Hofs schwammen in einer flachen Schale mit niedrigem Fuß rosa und rote Rosenblüten im Wasser, daneben saß in einem Metallkäfig ein Papagei, der ab und zu Laute von sich gab.

Laternen und Wandlichter gaben der Szene eine geheimnisvolle Beleuchtung. Im ersten Stock war ein drei Wandseiten umlaufender, überdachter offener Gang. Drei Stahltische mit Platten aus Mosaiksteinchen und Stahlstühle mit weißen Leinenkissen waren unter den Bäumen aufgestellt. In der Nische, in der wir saßen, standen in beiden Ecken Stehlampen mit bauchigem Keramikfuß und in der Mitte ein niedriger, mit geschnitzten Ornamenten überzogener Holztisch. An den Wänden hingen drei große farbenfrohe Bilder. Im Gegensatz zu der Hitze am Flughafen und der stickigen Fahrt in die Stadt hinein war es hier im Innenhof angenehm kühl.

Nach einer kurzen Konversation wurden wir zu unserem Zimmer geführt. Durch einen Torbogen kamen wir in einen zweiten Innenhof, in dessen Mitte sich ein großes Schwimmbecken befand. Auch dieses Becken war mit türkisfarbenen Kacheln ausgelegt und am Rand blau gefliest. Helle Strahler in der unteren Beckenwand erleuchteten das Wasser. Vom Innenhof gingen etliche Räume ab, im ersten Stock verbunden durch einen überdachten Außengang. Die Wände waren dunkelrot gestrichen, Mauervorsprünge und Pfeiler waren in erdgelber Farbe davon abgesetzt. Gegenüber dem Torbogen, ebenfalls von einem Bogen überdacht, stand ein Sofa mit weißen Leinenbezügen und eine Bartheke aus dunklem Holz. Das Türkis des Wassers glitzerte uns von einem großen Spiegel über dem Sofa ein zweites Mal entgegen. Auch hier wuchsen üppige Palmen und Grünpflanzen in großen Terrakottatöpfen. Alles war zauberhaft mit Messinglaternen beleuchtet.

Wir bekamen, wie uns bedeutet wurde, das rote Zimmer im ersten Stock. Rot hieß das Zimmer wohl, weil die

Wände des Raums mit dezentem rotem, glattem, leicht glänzendem Putz gestaltet waren. Auf einem breiten Bett lagen rote Baumwolldecken, mit schwarzen und hellen Fäden durchzogen, und viele große und kleine Kissen in den gleichen Farben. Im Bad wurde der rote Ton der Zimmerwand wieder aufgenommen. Eine runde, verputzte Mauer diente als Duschabtrennung. Die Schränke im Zimmer waren aus Zedernholz und dunkelfarben gebeizt. Auf dem Boden lagen auf matten unregelmäßigen Steinen bunt gemusterte Teppiche aus Naturfasern.

Es war behaglich und wir fühlten uns sofort wohl. Die gesamte Ausstattung war mit viel Liebe und Geschmack ausgesucht und zusammengestellt worden und jedes Detail passte wunderbar zum anderen. Getrennt zu schaltende Halogenlampen beleuchteten entweder die Wand und die Holzdecke oder dienten als Lesebeleuchtung am Bett. Wie kleine Kinder probierten wir es mehrmals aus. Es lagen Bademäntel und große Lederpuschen bereit. Neben dem Bett waren auf kleinen achteckigen Holztischchen kleine Schälchen mit Petit Four zur Begrüßung aufgestellt. Es waren köstlich riechende Plätzchen aus Mandeln und Honig, wie wir schnell herausfanden. Auf dem Schreibtisch stand ein Tongefäß mit Nüssen, Datteln und Rosinen. Marianne packte nur schnell das Wichtigste aus, ich hatte ja momentan nur noch die Kleider, die ich am Leib trug. Wir machten uns kurz frisch, denn es sollte schon bald mit unserem Abendessen begonnen werden.

Zum Essen wurden wir auf die Dachterrasse gebeten. Über eine schmale Treppe mit dickem Metallgeländer gelangten wir in den zweiten Stock, wo auf drei versetzten Ebenen

Esstische aufgestellt waren. Gemauerte Bänke mit groben dunklen Wolldecken standen an den Wänden. Auch hier gab es eine üppige Bepflanzung. In kleinen Mauernischen brannte gedämpftes Licht. Vom Dachgarten aus warfen wir einen kurzen Blick in die spärlich erleuchteten Gassen, die sich um das Haus herumzogen. In der Mitte konnten wir auf das Schwimmbassin im Innenhof des Gästehauses sehen. Von oben kam die türkise Farbe des Beckens noch stärker zur Geltung. Es war mir, als blickte ich von einer Klippe auf ein leuchtendes türkises Meer. Lichter in anderen Dachgärten waren vereinzelt zu erspähen. Über dem Häusermeer schwebten rundum verstreut beleuchtete Türme – die Minarette der Moscheen, wie sich herausstellen sollte. Es wehte ein leichtes Lüftchen. Nachdem wir uns staunend umgesehen hatten, setzten wir uns. Andere Gäste waren schon fast mit dem Essen fertig, denn dort wurde bereits der Nachtisch aufgetragen.

So, als sei es für diesen Moment bestellt worden, begann, als wir uns setzten, ein für uns undefinierbarer, lauter Ton über den Dächern zu schweben. Ich glaubte zuerst, es sei eine Sirene, und dachte an Feueralarm. Doch schon bald merkten wir, dass es die Muezzine in den Moscheen waren, die über Lautsprecher zum Gebet riefen. So etwas hatte ich noch nie gehört. Es klang wie ein Zwiegespräch. Bald waren von allen Seiten und immer in gleicher Tonlage lang gezogene Gesänge zu hören, bei denen nur die Lautstärke wechselte. Es war wie ein vielstimmiges Konzert. Wie ich später in einem Buch las und es dann auch mich erinnernd genauer verstand, hieß es: »Allahu akbar«, »Gott ist groß.« Ich war also wirklich in einer anderen Welt angekommen. Es kam mir vollkommen unrealistisch vor und ich fühlte mich, als seien wir mitten in einem Film oder in dem orientalischen Märchen aus meiner Kindheit, das ich oft auf einer Schallplatte gehört hatte.

Das Essen war köstlich. Wir hatten uns marokkanischen Salat und eine Tajine bestellt. Marokkanischer Salat besteht aus klein geschnittenen Tomaten, Gurken und Zwiebeln mit würzigen Kräutern in Essig und Öl. Die Tajine ist ein flaches, rundes Keramikgefäß mit einem großen, kegelförmig nach oben verlaufenden Deckel, die Gerichte haben den Namen davon. In diesem Gefäß werden Gemüse und Fleisch zusammen über einem kleinen Untersetzer auf Holzkohle gegart. Unsere Tajine bestand aus Hähnchen mit eingelegten Zitronen, natürlich mit orientalischen Gewürzen wie dem, wie wir bald merkten, unentbehrlichen Kreuzkümmel verfeinert. Dazu wurde Weißbrot gereicht. Zum Nachtisch gab es in leicht süßlichem Saft angemachte Granatapfelkerne. Dazu tranken wir kühlen Roséwein.

Kurz vor Mitternacht fielen wir müde und trotzdem aufgewühlt ins Bett. Das Problem mit meinem Koffer hatte ich erst einmal beiseitegeschoben und wollte mich nicht mehr darüber ärgern. Beim Einschlafen hatte ich das Gefühl, dass ich mit dem Gang über die Schwelle dieses Gästehauses in ein anderes Leben eingetreten war, so wie ich es mir als Kind manchmal ausgemalt hatte. Ich erinnerte mich, wie ich in meiner Kindheit einige Male kurz vorm Aufwachen im Traum Bilder gesehen hatte, in denen ich mich von außen beobachten konnte. Dabei hatte ich mir ausgedacht, wenn ich erst richtig aufwachen würde, wäre ich eigentlich eine andere Person in einem anderen Leben. Dann stellte ich mir vor, ich wäre erwachsen und die

Sorgen, die ich von meinen Eltern beim Kampf um den Unterhalt unserer großen Familie kannte, seien verflogen. Dieses Gefühl, als träumte ich im Traum noch einen Traum, hatte ich in dieser ersten Nacht in Marrakesch beim Einschlafen.

Bilder und Farben spüren

Ich schlief die Nacht tief und fest. Am Morgen hörte ich noch im Schlaf leises, später lauter werdendes Vogelgezwitscher. Während ich langsam aufwachte, sah ich vor mir die rötlichen bröckelnden Mauern und die dunklen unheimlichen Gassen um uns herum. Es kam mir seltsam vor, in dieser Gegend von Vögeln geweckt zu werden, noch dazu viel zu früh um sechs Uhr morgens – ohne Zeitverschiebung war es eben nach meinem inneren Rhythmus bereits acht. Leise stand ich auf, denn meine Freundin schlief noch fest. Ich lugte zur Tür hinaus in den Innenhof. Dort war schon ein Paar von den anderen Gästen dabei, zum Schwimmen in das Bassin zu steigen. Das Wasser plätscherte sacht. Mir selbst war es an diesem Morgen zu frisch, um zu baden. Also schnappte ich mir die Zeitung vom Vortag, die ich aus dem Flugzeug mitgenommen hatte, und verzog mich, eingehüllt in den Bademantel, aufs Dach. Dort empfing mich ganz sanfter Sonnenschein. Der Tag brach an.

Ich schaute mich im ersten Morgenlicht um. Ganz anders als am Abend davor war die Luft jetzt frisch und klar. Von dem oberen Dachgarten aus sah man über ein unüberschaubares Häuser- und Dächermeer und sehr viele Dachterrassen. Auf einigen Dächern war Schutt und Müll zu sehen, andere hatten Gärten und eine Begrünung wie das, auf dem ich mich befand. Wieder andere hatten seltsame Aufbauten, es könnten Anlagen zum Aufwärmen von Wasser sein, dachte ich mir. Ein Heer von Satellitenantennen war auf den Dächern montiert. Zwischen den Häusern ragten einige dürre Palmen über die Dächer hinaus. Etwas weiter entfernt im Westen waren große grüne Nadelbäume, stattlich ausladende Palmkronen und Zypressen zu sehen, vielleicht befand sich da ein Park! Aus einem Hof war das Krähen eines Hahnes zu hören. Langsame Schritte hallten durch die Gassen. Hinter den Dächern, fast zum Greifen nahe und von Ost bis West einen Halbkreis um die Stadt bildend, ragten riesige Berge auf. Das musste der Atlas sein, das Dach Afrikas!

Weiter als zum Lesen der Überschriften kam ich bei der Zeitung nicht. Ich war abgelenkt von dem vielen Umhersehen. Zum Haus gehörte offenbar noch ein zweiter, kleinerer Dachgarten mit einer Laube aus einem Gitter aus dunkelbraunen Holzlatten, darunter eine mit weißem Leinenstoff bezogene Polstergruppe. Auf beiden Dachgärten standen neben Tischen und Sitzbänken Liegestühle und Sonnenschirme. In der Mitte zwischen beiden Gebäuden ragte eine kleine Kuppel aus Stein hervor mit einer Spitze aus drei übereinander angeordneten Metallkugeln, wie die nachgebildete Kuppel einer Moschee. Die rundumlaufenden schmalen Dachfirste waren mit halbrunden blauen Dachziegeln bedeckt. Über dem Treppenaufgang zur Dachterrasse befand sich ein kleines quadratisches Dach; auch dies war mit blauen Dachziegeln abgedeckt. Im Morgenlicht wirkte die rote und gelborange Wandfarbe ganz anders als bei Dunkelheit. Die Bepflanzung war genauer auszumachen und ich erkannte Bougainvilleen, Olivenbäumchen, Palmen, Geranien und Buntnesseln. In der unteren Ebene des Dachgartens standen riesige Stauden von Ficus Benjamini und Feigenficus, dazwischen ragten große rote Blütenteller von Hibiskus heraus. Diese Fülle war wohltuend und berauschend inmitten der kahlen Mauern der anderen Dächer.

Nach einiger Zeit begannen zwei junge Männer zum Frühstück einzudecken. Mit blauen und roten Ornamenten verziertes Steinzeug wurde als Frühstücksgeschirr aufgestellt. Auf großen Holzplatten standen Schälchen, die wie kleine Tajines aussahen, im gleichen Muster und in gleicher Farbe wie das übrige Geschirr. Ich hob die Deckel einzeln auf und erkannte, dass darin Butter, Orangenmarmelade, Dattelmus, Honig und Müsli angerichtet waren. Es gab frisch gepressten Orangensaft, köstlich duftenden Kaffee und Pfefferminztee, dazu Baguette, Fladenbrot, Spiegeleier oder Omelette und Käse.

Die Gäste kamen nacheinander zum Frühstücken. Mittlerweile war auch Marianne erschienen und sie war genauso erstaunt wie ich über den Anblick. Nach einer ausgiebigen Morgenmahlzeit ließen wir uns Prospekte und einen Reiseführer bringen und planten den Tag. Zuerst erzählte ich der Hausherrin von meinem Problem mit dem Koffer und sie versprach, noch einmal bei der Vertretung der Fluggesellschaft nachzuhaken. Ich beschloss, beim Stadtrundgang erst mal die wichtigsten Kleidungsstücke für zwei Tage einzukaufen.

Als Erstes nahmen wir uns vor, auf den Djemaa el Fna, den »Platz der Geköpften«, zu gehen. In den Reiseführern wurde er als das »Muss« für einen Besuch in Marrakesch beschrieben, der Platz, auf dem sich alles Leben der Stadt abspielte. Nach dem Stadtplan mussten wir von unserem

Gästehaus aus sowieso über diesen Platz gehen, wenn wir in die Souks – wie die Markthallen oder besser der Basar genannt wird –, zu den Museen oder den Abfahrtspunkten für die Stadtrundfahrt gelangen wollten.

Wir hatten lange herumgetrödelt und am späten Vormittag machten wir uns, mit dem Straßenplan der Medina ausgestattet, auf den Weg. Wir gingen eine lange Gasse vom Haus zu einem kleinen Platz. Bei Tageslicht sahen wir, dass in die hohen Häuserwände doch einige kleine Fenster mit verzierten Metallgittern eingelassen waren. An eines der Gitter im oberen Stock drückte ein Kind von innen sein Gesicht und versuchte so zu erspähen, was auf der Gasse vor sich ging.

Auf dem kleinen Platz waren viele Autos geparkt, Leute auf Fahrrädern und Mopeds schlängelten sich an uns und den übrigen Passanten vorbei. Im Erdgeschoss der umliegenden Häuser waren Handwerksbetriebe und Geschäfte, die, so wie ich es am Abend zuvor schon gesehen hatte, bis auf einen Stuhl und einen Ladentisch mit Waren vollgepfropft waren. Wie selbstverständlich gab es gleich neben diesen mittelalterlich wirkenden Betrieben auch ein Cyber-Café. In einem Hofeingang waren auf einer wackeligen Tischplatte CDs und DVDs aufgereiht, und dazu wurde mit lauter Musik versucht, Käufer anzulocken. Der Platz war gepflastert, doch auf der rechten Seite war das Pflaster aufgebrochen und im Boden klaffte ein großes tiefes Loch, Staub und Dreck wurden aufgewirbelt. Am Ende des Platzes mussten wir wieder in eine schmale Gasse einbiegen. Auch hier war das Pflaster aufgebrochen und die Steine lagerten auf einem großen Haufen, eine Wasserleitung kam aus dem Boden heraus und schlängelte sich mehrere Meter auf dem Boden entlang, um dann wieder in einem Loch zu verschwinden. Der aufgebrochene Boden war nass, weil die Leitung undicht war und Wasser heraussprudelte. Alle Passanten, ob mit Mopeds, mit Handkarren oder mit Eseln, mussten um die Löcher herum- und über den Steinhaufen hinüberbalancieren. Ob die Leute frisch geputzte Schuhe oder nur ganz leichte Puschen anhatten, sie sich durch die Verengung an der Baustelle aneinander vorbeizwängten oder sogar im Morast oder auf den Steinhaufen stehen bleiben mussten, alle begaben sich gleichmütig durch die Pfützen, den Dreck und den Staub, so, als sei das nichts Ungewohntes.

Die Gassen, die sich anschlossen, waren so eng, dass keine Autos mehr hindurchfahren konnten. Auch dort gab es alte Häuser, einige schienen schon zu verfallen. Dreckige, kümmerliche Türen führten in die Häuser hinein. Ab und an aber befand sich dazwischen eine sehr gepflegte Tür, bei einer stach uns die Türumrandung aus schönen Kacheln besonders ins Auge.

Wir bogen rechts ab und befanden uns in einer kleinen Geschäftsstraße, in der sich an beiden Seiten dicht an dicht kleine Geschäfte drängten. In den Läden wurde verkauft, was wir uns nur vorstellen konnten. Es gab Teppiche, Kleider, Dekorationsstoffe, Schmuck, Schuhe, Fernseher, Telefone, Gemüse, Gebäck, Metalllampen, Laternen, Keramikwaren, Waschmittel – einfach alles. Dazwischen waren Friseure, Schneider, Tischler, Lederverarbeiter, Dentisten. Es gab Wäschereien und Teleboutiquen, ein Kino, eine Moschee, ein Kosmetikgeschäft, eine Apotheke und ein Hamam – eine Art Badehaus oder Dampfbadeanstalt. Ein wildes Durcheinander herrschte. Einige Geschäftsräume waren mit glänzenden Marmorplatten ausgelegt, andere daneben waren uralt, schmutzig und staubig. Die Waren wurden in einigen Schaufenstern dekorativ ausgestellt, bei anderen Händlern ragten die Verkaufsstände bis in die Gasse hinein oder die Kleider hingen von Planen und Markisen auf die Passanten herab. Auch die Markisen waren sehr unterschiedlich. Es gab alte, vor Dreck strotzende Kunststoffplanen, mit denen die Läden vor der Sonne und die Waren vorm Ausbleichen geschützt werden sollten, andere waren wiederum ganz neu und mit Werbetexten versehen.

Einige Händler standen vor den Läden und versuchten uns anzusprechen, damit wir zum Schauen und Kaufen stehen blieben, andere verhandelten gerade mit Kunden, wieder andere saßen schläfrig auf den Stufen der Eingänge. Zwischen den Häusern gingen niedrige Durchgänge von der Hauptgasse ab und dahinter waren weitere Werkstätten und Gassen zu sehen. In dieser Enge und zwischen dem bunten Treiben waren Touristen und Einheimische unterwegs. Etliche Passanten schlenderten ganz langsam vor sich hin, andere eilten zielstrebig voran. Dazwischen wieder Menschen mit Mopeds, Fahrrädern, Eselskarren, Handkarren. Ein unbeschreibliches Gewühl und Gedränge. Vor den Mopedfahrern mussten wir manchmal zur Seite springen, denn sie kamen mit einer solchen Geschwindigkeit durch die Menschenmenge gerast, dass wir befürchteten, jeden Moment angefahren zu werden. Die Mopeds fuhren junge Burschen, auf dem Gepäckträger saßen verschleierte Mädchen wie auch gestylte, modern gekleidete und schick frisierte Damen. Dazwischen fuhr auch eine vollkommen schwarz verschleierte Frau allein auf einem klapprigen Moped an uns vorbei.

Auch die Kleidung der marokkanischen Passanten war vielfältig. Moderne, westlich gekleidete Frauen sowie Männer in T-Shirts und Jeans waren zu sehen. Viele Leute hatten aber auch eine Dschellaba an, ein Gewand aus Wolle, und die beliebten leichten, flachen, hinten offenen Pantoffel, die Babouches, an den Füßen, obwohl mit denen nur ein schlurfender Gang möglich war, weil sie sonst vom Fuß zu fallen drohten. Es gab verschleierte Frauen und daneben, wie selbstverständlich, freizügig gekleidete Mädchen. Bettelnde, alte Menschen oder Frauen mit kleinen Kindern auf dem Arm hielten die Hand auf oder saßen in einer Ecke. Es war unfassbar, welche Unterschiedlichkeit und Vielfalt allein auf dem fünfzehnminütigen Fußweg schon auf uns einstürmte. Dann tat sich plötzlich der Djemaa el Fna vor uns auf.

Der Platz war umgeben von Cafés und Geschäften. Wie weit er sich hinzog, war nicht zu erkennen. Auf der einen Seite waren Dachcafés mit aufgespannten Sonnenschirmen zu sehen, auf der anderen Seite hingen riesige, leuchtend rote und orangefarbene Teppiche von den Dachfirsten herab, offensichtlich die Werbung der Teppichhändler. Zeitungs- und Souvenirhändler hatten neben den Geschäften und Cafés kleine Stände aufgebaut. Dort war das Treiben aus Touristen, Passanten, Händlern, Schlangenbeschwörern, Wasserverkäufern, Schuhputzern noch bunter. Unter schiefen Schirmen saßen auf kleinen Hockern verhüllte Frauen und Männer in Dschellabas. Es war nicht zu erkennen, was sie feilboten. Wieder andere Frauen oder Männer saßen auf dem Boden, hatten neben sich ein Tuch ausgebreitet und boten unterschiedlichste Artikel an, vom gebrauchten Handy bis zu Gewürzkräutern und Bonbons. Ein Händler hatte auf einem Tuch auf der Erde eine große Menge von Zähnen und künstlichen Gebissen aufgetürmt und bot diese Artikel allen Ernstes zum Kauf an. Weihrauchduft zog an einer Stelle über den Platz. Kutschen mit einem kleinen Sonnendach und auf der Ladefläche kunstvoll aufgetürmten Orangen waren aufgestellt, auf Bestellung wurde dort frischer Orangensaft gepresst.

Wir schlenderten etwas herum, wurden öfter aufdringlich angesprochen, etwas zu kaufen, beinahe wieder von Mopedfahrern angerempelt und setzten uns dann zum Ausruhen in eines der Cafés mit Blick auf den Platz. Von dort aus waren noch weitere große Gebäude auf der anderen Seite zu sehen: Die in einem repräsentativen Gebäude residierende »Banque Al-Maghrib«, das ebenso prächtige Postgebäude daneben und andere staatliche Einrichtungen, vor denen die marokkanische Flagge wehte. Dazwischen, hinter einer großen Mauer, umringt von Palmen und Nadelbäumen, der »Club Med«. Flötenspieler und Trommler machten einen Heidenlärm auf dem Platz und mittendrin riefen die Händler ihre Waren und Preise aus. Nach der Ruhe in unserem Riad strengte uns das bunte Durcheinander an. Wir bestellten einen Thé à la Menthe, den obligatorischen süßen Pfefferminztee, und sinnierten so vor uns hin. Marianne wollte noch bei der Post einen Brief absenden, den sie vergessen hatte, und verzog sich dorthin. Ich saß weiter auf der Veranda des Cafés und überlegte, ob ich die Stadt anregend oder abstoßend finden sollte. Die Eindrücke, die seit meiner Ankunft in Marrakesch auf mich eingestürmt waren, waren so gegensätzlich, dass ich verwirrt war.

Neben mir am Tisch saß eine grauhaarige, europäisch wirkende und sehr gepflegte Frau in einem leger-eleganten hellgrauen Leinenanzug, zu dem ein kleines rotes Tüchlein um den Hals einen schönen Kontrast bildete. Sie hatte uns wohl schon vorher beobachtet und nach einer Weile sprach sie mich auf Deutsch an. Sie hatte offenbar an meinem Verhalten und meinem Gesichtsausdruck erkannt, was ich fühlte. So kamen wir ins Gespräch. Sie erzählte mir, dass sie schon seit Jahren die längste Zeit des Jahres in Marrakesch lebt und sonst in Europa. Als ich erwähnte, wo wir in der Medina untergekommen waren, sagte sie, dass es sehr klug gewesen sei, in einem Riad Quartier zu suchen, denn so wären wir mitten im Geschehen. Sie fuhr fort: »Wer in den eleganten Hotels oder den Ferienressorts außerhalb der Stadt wohnt, wird nie so unmittelbar das Leben von Marrakesch erfahren können, wie dies in einem Riad möglich ist. Marrakesch hat einen ganz eigenen Reiz, wie es ihn nirgends auf der Welt gibt. Doch diesen Reiz müssen Sie selbst herausfinden.« Und dann wurde sie ganz ernst und sprach eindringlich auf mich ein: »Gehen Sie mit offenen Augen und Ohren durch diese Stadt, versuchen Sie, alle Gerüche aufzunehmen, auch wenn sie unangenehm sind, versuchen Sie die Gefühle, die Sie befallen, auf sich wirken zu lassen, und geben Sie nie zu schnell auf. Denn Marrakesch ist nicht allein das, was Sie zunächst glauben zu sehen, zu hören, zu riechen und zu fühlen. Marrakesch hat für jeden ein Geheimnis. Sie müssen es jedoch selbst entdecken. « Dann verabschiedete sie sich sehr schnell mit der Entschuldigung, dass sie eine Verabredung fast vergessen hätte, aber im Weggehen flüsterte sie mir noch zu, dass wir uns sicher noch sehen würden, solange ich hier sei.

Ich war verdutzt, verwundert und andererseits neugierig. Ich dachte ungläubig über ihre Worte nach. Wie sollte ich den »eigenen Reiz« dieser Stadt erfassen und ein Geheimnis für mich herausfinden? Nach esoterischen Erlebnissen war mir nicht zumute. Ich wollte eigentlich nur mit meiner Freundin unterwegs sein und hoffentlich auch ein bisschen ausruhen können. Um die Märchenerzählerinnen und Zukunftsdeuterinnen, die auf dem Djemaa el Fna für ein paar Dirham das Blaue vom Himmel erzählten, wie im Reiseführer stand, hatten wir schon deshalb einen großen Bogen gemacht, weil wir vermuteten, dass sie sicher nicht in einer uns bekannten Sprache mit uns sprechen konnten. Wir wollten trotz Urlaubsfreude in der Realität bleiben.

So spannend diese Unterhaltung gewesen war und so nachdenklich sie mich gemacht hatte, trotzdem verspürte ich kein Verlangen, Marianne davon zu erzählen, als sie zurückkam, und behielt es für mich. Wir beschlossen, unseren Erkundungsgang durch die Medina mit den Souks fortzusetzen.

Die Souks sind weitverzweigte Markthallen mit riesigen, dicht aneinander aufgereihten Ständen. Die Gassen dazwischen sind mit schmalen Latten und Schilfmatten überdacht. Wie wir aus dem Stadtführer erfuhren, waren die Läden in die verschiedenen Kunsthandwerke und Gewerbe unterteilt. Hier wurden die Waren produziert und sogleich verkauft. Es gab Tischler, Holzschnitzer, Teppichknüpfer und -händler, Schmiede, Schuster, Lampenmacher, Korbmacher, Schmuck- und Lederwarenhändler zu sehen. Von allen Seiten drang Klopfen und Hämmern an unsere Ohren. Die Vielfalt und das unüberschaubare Gewirr überforderten uns beinahe. Von den Hauptpassagen gingen immer wieder kleinere Gassen ab, die sich nochmals verzweigten. Manchmal ging auch ein Laden ganz tief und uneinsehbar in hintere Räume über. Wir waren überwältigt von den Farben, besonders Rot- und Orangetöne stachen hervor. Es gab alles, wirklich alles in einer solchen Fülle und Mannigfaltigkeit, wie wir es noch nie gesehen hatten. Neben modernen oder traditionellen Textilien, Teppichen, Leder-, Eisen- und Tonwaren wurden herrlich verzierte Keramikschalen, Korbtaschen und Korbmöbel, Gold- und Silberschmuck, Halbedelsteine, Uhren, Modeschmuck und Parfüm angeboten. Dazwischen standen Händler, Frauen und Kinder, die von großen Blechen herunter Gebäck verkauften. Neben Läden mit feinsten Seiden- und Damaststoffen wurden Fleischspieße oder Hähnchen gebraten und so hoch aufgeschichtet, dass wir uns nicht vorstellen konnten, wer das alles jemals kaufen und essen sollte. Dann gab es dazwischen wieder Gewürzstände, in denen kegelförmig nach oben aufgeschichtet Safran, Kurkuma, Kreuzkümmel und Gewürze, die wir gar nicht kannten, angeboten wurden. Riesige Kräutersträuße hingen von den Decken. Getrocknete Kräuter wie Lavendel, Thymian, Rosmarin und Gewürznelken quollen aus großen aufgestellten Säcken vor den Verkaufsständen hervor. Es gab darunter auch Stände, in denen verschiedenste Datteln und Trockenfrüchte feilgeboten wurden, sowie andere mit allen nur denkbaren Sorten Oliven.

Am Beginn unseres Wegs durch die Souks blieben wir noch oft stehen, um uns das Angebot näher anzusehen. Mit der Zeit beeindruckte uns die Fülle nicht mehr so stark. Wir konnten nur noch wenig aufnehmen und vieles machte uns nervös. Denn auch hier waren sehr viele Menschen unterwegs und selbst durch diese engen Gänge zwängten sich Mopedfahrer, Fahrradfahrer, Eselskarren und Lastenträger. Es wurde gedrängelt, sich entschuldigt, weitergeeilt, doch kaum angestoßen. Von den Auspuffgasen der Mopeds ging ein beißender Geruch aus, der sich zwischen der Menschenmenge ausbreitete und sich auf die Gewürze und die Naturalien legte. An einigen Stellen stiegen uns dazu ganz üble Gerüche in die Nase und wir versuchten, schnell weiterzugehen. Es roch nach Fischabfällen, vermoderndem Fleisch oder nach Urin, nach Fäulnis und allen möglichen anderen Abfällen. Vor den Parfümläden wiederum duftete es herrlich nach Rosenwasser, Lavendel oder Bergamotte.

Jeder Händler versuchte, Käufer zu finden und mit dem Ausrufen von besonders günstigen Preisen die Passanten zum Verweilen zu bewegen. Unter die Leute gemischt standen sogenannte falsche Führer, die die Touristen in einen Laden oder an einen Stand locken wollten. Auf uns stürmten so viele Eindrücke ein, dass wir uns wie in einem Rausch der Sinne fühlten.

Nach einiger Zeit kamen wir dann doch aus dem Basar heraus auf einen kleinen Platz, um den herum sich weitere Marktstände gruppierten. Diese waren kleiner und weniger prächtig aufgemacht. Mittendrin waren sie ganz kümmerlich. Rund um den Platz hingen bunte Teppiche an den Häuserwänden und von den Dächern herab, was zeigte, dass dort wieder viele Teppichhändler waren. Es gab aber auch besonders viele Lederwarenstände. Daneben wurden noch riesigere Gewürzbüschel als in den Souks offeriert. Alle möglichen Kuriositäten, wie große Straußeneier, waren zu sehen und kleine, mit Baumfasern umwickelte Zedernholzstäbchen. Getrocknete, platt gedrückte Eidechsen und Igel lagen ausgebreitet auf kleinen Tischen, so als wären sie gerade von der Straße abgekratzt worden. In kleinen Käfigen wurden auch lebende Leguane, Kröten oder Eichhörnchen und Schildkröten gehalten. Die Leguane und Echsen wirkten schläfrig oder waren schon halb tot, die Eichhörnchen tobten wie wild in den engen Käfigen herum. Offenbar war dies auch ein Markt für allerlei Naturmedizin, Aphrodisiaka und animistische Gegenstände. Es war auf jeden Fall ein Eldorado für die Quacksalber.

Auf die staubigen, lehmigen Böden sprühten einige Händler Wasser, um den Dreck zu binden und durch die aufsteigende Feuchtigkeit etwas Kühle zu erzeugen. So mussten wir aber immer wieder den Pfützen ausweichen und verschmutzten uns die Schuhe noch mehr als durch Staub. In einem Salon de Thé auf einer Dachterrasse mit Coca-Cola-Sonnenschirmen gab es wieder einen schönen Blick auf das bunte Marktgeschehen. Nach einem Mineralwasser auf dieser Terrasse und nachdem wir uns sattgesehen hatten, nahmen wir durch eine Seitenstraße den Weg zum »Musée de Marrakech« und zur »Medersa Ben Youssef«, einer jahrhundertealten ehemaligen Koranschule und Hochschule für Theologie und Recht.

Die Medersa lag zwischen eng stehenden Häusern mit hohen kahlen Mauern. Man betritt sie über ein breites, hohes, reich verziertes Holztor. Nach einem langen dunklen Gang kommt man in einen großen Innenhof. In der Mitte ist ein flaches, rechteckiges Wasserbecken eingelassen. An drei Außenseiten befinden sich breite, zum Innenhof offene Nischen, die kunstvoll mit geometrischen Ornamenten und Mosaiken aus kleinen Fliesen ausgelegt sind. Die Farben Blau, Türkis und Weiß überwiegen hier. Die hohen Decken bestehen aus überreich geschnitzten Holzbalken und die Latten dazwischen sind mit Ornamenten bunt bemalt. Die Begrenzung der Nischen zum Hof bestehen aus durchbrochenen, geschnitzten, dunklen Holzpaneelen. So konnte Luft an der Decke zirkulieren und verschaffte eine leichte Kühlung. Die Randbefestigungen der Nischeneingänge waren mit Ornamenten und Arabesken, die in den weißen Gips geritzt oder als Stuck aufgesetzt waren, reich verziert. Der Boden war mit Marmorplatten ausgelegt. Wenn man auf ihm ging, erschien der Schritt wie gedämpft.

Nach oben blickend, waren im ersten Stock große, ebenfalls mit durchbrochenen Schnitzereien gestaltete Fenster aus dunklem Holz zu sehen. Es war ein erhabener und stiller Ort, die weihevolle Atmosphäre brachte alle Besucher unwillkürlich dazu, sich leise und langsam zu bewegen. Viele setzten sich auch auf niedrige, am Rand aufgestellte Korbstühle, hielten inne und ließen die zurückhaltende Schönheit der Ausschmückungen und der Räume auf sich wirken.

Vom Ausgang aus gingen zu beiden Seiten Treppen in den ersten Stock hinauf. Dort konnten die ehemaligen verwinkelt angeordneten kargen Schlafräume der früheren Koranschüler und Studenten besichtigt werden. Es war sehr gut nachzuspüren, dass dies eine gute Umgebung für religiöse Studien und die Anbetung Gottes gewesen war. Mitten in der Altstadt und doch abseits des prallen Lebens in den Märkten machte uns dieser Ort still und andächtig.

Nur ein paar Schritte von der Medersa entfernt ist das Museum von Marrakesch gelegen und vor diesem ein weit ausladender Platz, an dem noch andere große Gebäude stehen, darunter eine Moschee.

Die Außenwände des Museums waren restauriert und im Hof war ein modernes Café untergebracht. Aus dem Café war orientalisch klingende Musik mit popmusikartigem Einschlag zu hören. Auch hier gab es wunderschöne mosaikverzierte Wände aus kleinen Keramikfliesen mit Blütenmotiven und Rosetten aus Mosaiksteinchen. Im überdachten Innenhof und in einem offenen, großen, fensterlosen Seitenraum hingen riesige, aufwändig gestaltete und verzierte Leuchter aus Messing und Eisen. Die Kronleuchter, die wir aus den Schlössern in Europa kennen, sind dagegen verschwindend klein. In mehreren Seitenräumen waren die für Berberhäuser typischen Möbel ausgestellt sowie lange, mit dicken bestickten Kissen belegte Bänke. Auch für die Kunstfertigkeit der Berber charakteristische Teppiche, Kleidungsstücke und Schmuck wurden präsentiert. Trotz der alten Pracht des Gebäudes und der interessanten Ausstellungsstücke war ein Verfall erkennbar und wir konnten uns des Eindrucks einer leichten Morbidität nicht erwehren. Den Rückweg zu unserer Unterkunft nahmen wir über einen anderen Weg durch die Medina.

Wir hatten einen Stadtplan, auf dem ein Gewirr von Straßen eingezeichnet war, allerdings waren nur bei einigen

Straßen die Namen verzeichnet. Wir entschieden uns nach kurzer Überlegung, dem Gefühl nach in eine Richtung loszugehen. Auch in diesem Teil der Medina waren die Gassen eng, mit hohen Häusermauern ohne Fenster. Manche Häuser waren so verfallen, dass es nicht so aussah, als ob darin noch Leute wohnten. Doch als wir an einer niedrigen Tür einer solchen Ruine vorbeigingen, kam dort eine junge, schick gekleidete Frau heraus. Dazwischen gab es aber auch gut hergerichtete Häuser, jedenfalls nach dem Mauerwerk, der Haustür und einem von unten auszumachenden bewachsenen Dachgarten zu urteilen. Mal mehr und mal weniger Fußgänger waren in den Gassen unterwegs. Einige schlurften langsam vor sich hin, andere eilten geschäftig voran. Frauen mit ihren Kindern an der Hand oder auf den Rücken gebunden bummelten durch die Sträßchen. Eine Frau trug emsig ein Ofenblech vorbei mit Teigfladen, die mit einem Tuch abgedeckt waren.

Auch in diesem Viertel waren Menschen mit der landestypischen Dschellaba – die eigentlich wie ein langes Nachthemd aussieht – bekleidet, andere wie die Leute in Europa. Es waren von Kopf bis Fuß verhüllte Frauen, mit Kopftüchern bedeckte Frauen und Mädchen und Frauen mit offenem Haar zu sehen. Diese unterschiedlichen Kleidungsstile wurden ganz selbstverständlich nebeneinander getragen. Aber auch dort hatten wir die helle Not, uns vor den Moped- und Fahrradfahrern in Sicherheit zu bringen.

Die Gassen waren verwinkelt, links und rechts bogen plötzlich weitere Durchgänge ab und es war manchmal nicht erkennbar, wie die Hauptrichtung verlief. Gingen wir zunächst durch eintönige Gassen, gab es später im Erdgeschoss Geschäfte. Besonders oft sahen wir Teleboutiques und Cyber-Cafés für Bewohner, die zu Haus keinen Telefon- oder Internetanschluss haben. Daneben gab es oft eine Drogerie oder Pharmazie und Dentisten – Fachleute, die Zähne ziehen, jedoch keineswegs mit Zahnärzten verglichen werden können. In den Hinterhöfen waren verschiedene Handwerker zugange. Unsere Aufmerksamkeit erregten besonders junge Männer, die an Häuserwänden entlang über zehn Meter weit dünne Fäden gespannt hielten. Wir konnten uns nicht erklären, was sie machten, und erfuhren einige Tage später, dass das Seidenwickler waren. Die gewickelten Seidenschnüre wurden zum Verzieren von Dschellabas verwendet.

Wir hatten große Mühe, uns in diesem Labyrinth zurechtzufinden, denn an den Häuserwänden waren keine Straßennamen angebracht. Auch wenn die Bezeichnungen im Stadtplan vermerkt gewesen wären, hätte das also unter diesen Umständen nichts genutzt. Es war schwierig, festzustellen, wo wir uns gerade befanden. Die Häuser standen so dicht beieinander, dass nach oben nur der Himmel zu sehen war. Markante Bauwerke in der Stadt, nach denen wir uns hätten orientieren können, waren dadurch auch nicht auszumachen. Mehrmals passierte es uns, dass wir plötzlich am Ende einer Gasse vor einer Mauer oder einem Hauseingang standen: Wir waren in eine Sackgasse geraten. Dann mussten wir mit Mühe den Weg wieder zurückgehen bis zu einem Punkt, wo wir annahmen, vom Weg abgekommen zu sein.

So kamen wir über mehrere kleine Plätze. Immer zeigte sich ein anderes Milieu. An einem Platz, wo vor einem Administrationsgebäude die marokkanische Fahne wehte und zwei Polizisten herumstanden, waren Bänke unter dürren Bäumen aufgestellt. Dort dösten ältere Leute im Schatten, andere saßen ins Gespräch vertieft zusammen. Mehrere fliegende Händler verkauften Obst und Gemüse von den Ladeflächen ihrer Karren herab. Auf dem Boden lagen überall verfaulende Gemüse- und Obstreste und Kunststofftüten herum. Es stank nach Moder, Verwesung und Fisch. Wir konnten uns nur wundern, denn unter solchen hygienischen Verhältnissen Lebensmittel zu verkaufen war für unsere Vorstellung undenkbar.

Um einen anderen größeren Platz herum reihten sich Läden mit vielfältigen Angeboten. Es wurden Möbel, Matratzen, Polster und Korbwaren hergestellt und verkauft. Aber es gab auch Kleider, Teppiche, Kurzwaren, Spielsachen, Handys, Kosmetik und daneben Dolche, einfach alles. Das, was bei uns in einem großen Warenhaus kompakt untergebracht ist, wird dort in den unterschiedlichen Geschäften getrennt angeboten. Jeder Händler hat sich seine Nische für sein Geschäft und ein besonderes Angebot ausgesucht. Oft waren die Läden so winzig und mit Waren vollgestopft, dass die Verkäufer selbst kaum noch Platz hatten.

Nach den ruhigeren Gassen zuvor herrschte auf diesem Platz wieder ein höllisches Durcheinander und Gewusel, Geschrei und Musik. Plötzlich und wie aus dem Nichts kam ein Fahrer mit einem blank geputzten, großen schwarzen Auto durch die Menschenmenge gefahren und verschaffte sich mit Nachdruck Platz. Wie war er damit in die Altstadt gekommen? Die meisten Gassen sind viel zu schmal für solche Fahrzeuge. Sonst war außer einigen kleinen Lastwagen, die Baumaterialien transportierten, kein Auto in der Altstadt zu sehen gewesen.

Von dort nahmen wir den Weg in eine kleine Straße, in der die meisten Menschen unterwegs waren – es war die Rue Dabachi, wie uns das erste sichtbare Straßenschild anzeigte. Diese war zum Glück auch im Stadtplan verzeichnet und wir hatten endlich wieder Orientierung. Trotzdem war uns nicht ganz klar, ob wir in die richtige Richtung gingen. Als wir nachdenklich stehen blieben, sprachen uns mehrere junge Männer an. Sie boten an, uns zum großen Platz, dem Djemaa el Fna, zu führen. Wir befürchteten jedoch, dass sie uns zu irgendeinem Geschäft leiten würden, mit dem sie in Verbindung standen und wo uns Teppiche oder Schmuck zu überhöhten Preisen aufgedrängt werden sollten. Vor solchen Situationen waren wir jedenfalls gewarnt worden. Das war ganz schön lästig und wir konnten sie nur mit Mühe abschütteln, indem wir einfach in eine andere Richtung weitergingen.

Die Rue Dabachi war offenbar eine Art Haupteinkaufsstraße, denn es gab dort noch mehr Läden als vorher. An offenen Ständen wurde Fleisch und Fisch verkauft. Sehr schnell zu erkennen war, dass dort die kleinen armen Leute aus der Medina einkauften. Einiges Angebotene war so schlecht und dürftig, dass es erstaunlich war, dass dies überhaupt zum Kauf angepriesen wurde. Vereinzelt waren Kräuter, Obst oder Gemüse sogar nur auf einem Tuch auf dem Boden ausgebreitet und der von vorbeifahrenden Mopeds aufgewirbelte Dreck legte sich auf das Obst und die Kräuter. Auch wenn Esel, die mit Schutt

voll beladene Karren zogen und auf die hemmungslos ein-
geschlagen wurde, genau neben den am Boden liegenden
Kräutern ihre Haufen fallen ließen, störte sich daran nie-
mand. Die Armut der Leute und der Gegend war nicht
zu übersehen.

Manche Händler sahen aus, als kämen sie vom Land, und
verkauften das bisschen selbst gezogene Gemüse, das sie
gerade noch entbehren konnten, ohne zu verhungern. Andere versuchten irgendetwas, das sie vielleicht irgendwo
aufgesammelt hatten – wie wertlose Steine – loszuschla-
gen. An einigen Ecken hockten schläfrige alte Männer und
Frauen zusammengekauert am Boden und hielten bettelnd
die Hand auf. Andere Menschen saßen teilnahmslos daneben. An einigen Stellen, besonders in der Nähe der Fleisch-
und Fischläden, stank es entsetzlich wegen der Abfälle,
die überall herumlagen. Aufwaschwasser wurde auf die
Straße gekippt und der sandige Boden verwandelte sich in
eine Schlammschicht, gepflastert waren nur einige wenige
Abschnitte. Abgemagerte und verlauste Katzen streunten
herum und suchten sich aus dem Abfall was zum Fressen.
In dieser Gegend konnten wir eine Ahnung davon bekommen, was es bedeutet, Tag für Tag ums nackte Überleben
zu kämpfen. Bei manchen Menschen kam es uns so vor,
als ginge es ihnen noch schlechter als den streunenden
Katzen.

Nach langem Suchen, bei dem wir schon glaubten, uns
hoffnungslos in einem Irrgarten verlaufen zu haben, fanden
wir endlich unser »Riad Noga«. Wir waren heilfroh, wieder
in dieser Idylle angelangt zu sein.

Marianne zog sich gleich nach dem Frischmachen auf die Dachterrasse zum Ausruhen zurück, ich schwamm im Swimmingpool mehrere Runden und machte mich dann über die Reiseführer und Prospekte von Marrakesch her, die im Aufenthaltsbereich auslagen. Die Geschichte der alten Königsstadt Marrakesch, ursprünglich Mraksch – der Name Marokko soll davon abstammen –, war darin beschrieben. Breit ausgeführt wurden die Dynastien, die in der Stadt geherrscht hatten, die vielen exotischen Namen konnte ich mir gar nicht merken. Einzig hängen geblieben ist, dass die Palmenhaine – der Palmeraie – schon vor fast tausend Jahren angelegt worden waren und eine der bekanntesten und größten Moscheen Marokkos, die Mosque de Koutoubia, in Marrakesch steht. Sie liegt am westlichen Ende des Djemaa el Fna.

Aus den Prospekten suchte ich mir ein Restaurant für den Abend aus, das in einem alten Palast untergebracht war. Als ich Marianne dafür gewinnen wollte, mit mir dorthin zum Abendessen zu gehen, lehnte sie ab, weil sie sich auf der Dachterrasse mit zwei Engländern angefreundet hatte und lieber mit ihnen im Hotel essen wollte. So reservierte ich über das Hotel in dem Restaurant einen Tisch für mich und ließ mich von einem Angestellten des Hotels hinführen, denn ich befürchtete, mich nach unserer Erfahrung vom Nachmittag allein zu verlaufen.

Das Restaurant war im östlichen Teil der Medina nahe der Stadtmauer gelegen und es waren dahin etwa fünfzehn Minuten zu gehen. In den engen Straßen und Gassen war immer noch so viel Betriebsamkeit wie vor einigen Stunden. Die Stadt schien ohne Unterlass in Bewegung zu sein.

Ständig wurde gekehrt und geputzt, obwohl dies offensichtlich gar keinen Sinn machte, weil sofort wieder neuer Staub da war. Da ich mich auf die Führung verließ, konnte ich mich in Ruhe umschauen. Wieder war so vieles Neues und Unbekanntes zu sehen! Es erstaunte mich am meisten, wie selbstverständlich hier geradezu archaische Zustände neben modernen Geschäften mit allen technischen Errungenschaften unserer Zeit existierten. Kaum hundert Meter von einem halb verfallenen Lagerschuppen entfernt, in dem meterhoch Ballen mit Lumpen und schwarzer Wolle neben verdorrtem Holz und Holzkohle aufgestapelt waren, die Männer auf kleine Karren luden, gab es in großen Läden die neuesten Modelle von Digitalkameras und Mobiltelefonen zu kaufen. Ich schaute und staunte, immer wieder überwältigt durch die vielen Eindrücke. Mein Begleiter kannte sich zwar in Marrakesch aus, aber das Restaurant kannte er offensichtlich nicht, denn erst nach zweimaligem Nachfragen fanden wir den Weg.

Es dämmerte bereits, als wir das Restaurant erreichten. Ich vermochte es zunächst gar nicht auszumachen, denn der Eingang war nur eine unscheinbare Tür in einer langen und hohen Mauer, die nicht in dem typisch altrosa Lehmputz von Marrakesch, sondern in hellerem Beige gehalten war. Über der Tür beleuchtete eine kleine Laterne ein kleines Messingschild mit dem Namen des Palais. Wir klopften mit einem Metallklopfer an die Pforte und sie wurde bald geöffnet. Man führte mich durch einen stimmungsvoll ausgeleuchteten, etwa zwei Meter langen Gang in einen Vorraum, in dem große Holztruhen und ausladende Blumengestecke standen. Beim Betreten des Raumes kam mir ein wohl duftender Nebel entgegen, so als würde ein leichter Regen von Parfüm, Muskat und Vanille versprüht. Von dort wurde ich in einen glasüberdachten Innenhof geleitet, in dem mit Blumen dekorierte Esstische standen. Um den Hof herum waren weitere offene Gasträume angeordnet. Als ich zu meinem Platz geführt wurde, kamen wir an einem mit drei Gästen besetzten Tisch vorbei. Im Vorbeigehen hielt mich plötzlich eine Frau an und begrüßte mich. Es war meine neue Bekanntschaft vom Vormittag aus dem Café auf dem Djemaa el Fna. Als sie bemerkte, dass ich allein unterwegs war, bat sie mich an ihren Tisch. Ich nahm gerne an.

Es stellte sich heraus, dass die weiteren Gäste ein älteres französisches Ehepaar waren, das seit Jahren ein Geschäft in Marrakesch betrieb. Er war der Sohn einer Familie, die bereits während des französischen Protektorats in Marrakesch gelebt hatte. Nach der Unabhängigkeit Marokkos war er mit seinen Eltern nach Frankreich zurückgegangen. Später jedoch hatte es ihn mit seiner französischen Ehefrau wieder nach Marokko gezogen und sie hatten sich dann ganz in Marrakesch niedergelassen. Das war natürlich für mich eine gute Gelegenheit, etwas mehr als aus den Reiseführern über die Stadt und die Menschen zu erfahren.

Als Tischgemeinschaft von vier Personen wurde uns ein großer, im Ofen gebackener Fisch als Tagesspezialität offeriert. Die Zubereitung sollte zwar eine Weile dauern, aber mit einem köstlichen Vorspeiseteller verging uns die Zeit sehr schnell. Als Vorspeise gab es würzige Hackfleischbällchen, Fleischspießchen, Oliven, gedünstete, pikant eingelegte Paprikaschoten und Avocadoviertel. Alles schmeckte herrlich frisch und zerging auf der Zunge.

Meine französischen Gesprächspartner fragte ich während der Wartezeit auf den Hauptgang besonders über die Zeit der Unabhängigkeitskämpfe aus. Ich hatte in den Reiseführern nur wenig darüber gelesen. Der Mann erzählte, dass die Anfänge der nationalen marokkanischen Befreiungsbewegung schon in die dreißiger Jahre des 20. Jahrhunderts fielen und dass nach dem Zweiten Weltkrieg die Forderung der Bevölkerung nach staatlicher Unabhängigkeit gegenüber dem seit 1912 bestehenden Protektorat von Frankreich und Spanien immer stärker wurde. Nachdem diese Forderungen ab 1947 auch von dem damaligen Sultan Mohammed Jusuf unterstützt wurden, setzten ihn die Franzosen im Jahr 1953 ab und deportierten ihn nach Madagaskar. Danach stellte sich jedoch das ganze Volk hinter den Sultan und es gab drei Jahre lang politischen Widerstand, der über Attentate in Casablanca bis zu Hilferufen an internationale Organisationen führte. Im Jahr 1955 mussten die Franzosen nachgeben und den deportierten Sultan in einer ausweglosen politischen Notlage zurückrufen. Der Sultan kehrte mit einem triumphalen Einzug nach Marokko zurück. Die Unabhängigkeitsbewegung hatte gesiegt.

1956 erkannten Spanien und Frankreich den selbstständigen Staat Marokko an, eine Verfassung wurde erarbeitet und die Verfassungsorgane gewählt. Danach aber wurden viele Europäer ausgewiesen oder verließen verunsichert von selbst das Land. »Damals, in den fünfziger Jahren, hatte Marokko erst zirka 10 Millionen Einwohner, mittlerweile sind es 38 Millionen, mit allen Problemen einer solchen Bevölkerungsexplosion«, fügte die Französin hinzu. Sie erzählten weiter, dass es seit mehreren Jahren erneut Einwanderung nach Marokko gebe. Es ließen sich wieder Franzosen und andere Europäer in Marokko nieder, gründeten Unternehmen und trieben Handel. Um den Hohen Atlas herum hätten sich schon vor Jahrzehnten einige internationale Filmstudios angesiedelt, weil die herrliche Landschaft einen idealen Hintergrund für viele großartige Originalaußenaufnahmen bietet. Und gerade Marrakesch war in den 1970er und 1980er Jahren ein Mekka des internationalen Jetsets aus Modeschöpfern, Künstlern und Hippies gewesen.

Nach diesen Streiflichtern aus der marokkanischen Geschichte kam auch schon unser Hauptgericht. Der überbackene, köstlich duftende Fisch war in einer großen ovalen Tonschale zubereitet worden. Er lag auf einem Bett aus Tomaten, Paprika, Möhren und Kartoffeln, garniert mit Kräutern, Oliven und Zitronenstücken. Das weiße Fleisch des Fischs war fest, trotzdem löste es sich ganz leicht von den Gräten. In Verbindung mit dem würzigen Gemüse war dies ein unbeschreiblicher Genuss. Dazu tranken wir einen hervorragenden, in Marokko angebauten Sauvignon Blanc. Meine Tischnachbarn erzählten, dass der marokkanische Wein eine gute Qualität habe und in den letzten Jahren immer bekannter geworden sei, obwohl es im Land selbst nur einen kleinen Markt gebe, da ja im Orient und in Marokko von den Einheimischen kein Alkohol und somit auch kein Wein getrunken wird. Sie berichteten viel über ihr Leben in Marokko, ihre Reisen in den Atlas und die sprichwörtliche Gastfreundschaft der Marokkaner. Leider musste ich feststellen, dass mir in den wenigen Tagen in Marrakesch keine Zeit bleiben würde, auch einmal in den Atlas zu fahren oder die Bekanntschaft marokkanischer Familien zu machen.

Ich hatte neben der Unterhaltung und dem Essen auch Gelegenheit, mich etwas im Lokal umzusehen. Es war im Stil des volkstümlichen Kunsthandwerks gestaltet, das wir bereits im »Musée de Marrakech« gesehen hatten. In den Nebenräumen waren an den Wänden breite Sitzbänke mit voluminösen Sitzkissen aufgestellt, davor standen niedrige Tischchen und zum offenen Hof hin Polstermöbel. Die Kissen und die Tischwäsche waren mit den typischen traditionellen Stickereien bunt verziert. Die Decken waren ebenfalls mit farbigen Ornamenten bemalt und die Türbogen waren breit mit Stuck verschnörkelt. Die Holzstühle und Tische waren mit Schnitzereien reichlich dekoriert. Ziselierte Metallleuchten verbreiteten ein dezentes und geheimnisvolles Licht. Die Teller, Schalen und Schüsseln, auf denen das Essen serviert wurde, hatten eine intensive dunkelgrüne Glasur, was hervorragend zu dem übrigen Stil des Restaurants passte. André und Simone, wie meine Tischnachbarn hießen, erwähnten, dass dieses Geschirr aus einem Ort schon nah an der algerischen Grenze in der Nähe der Stadt Zagora im Süden von Marokko komme, dort sei man auf diese Art Töpferei spezialisiert.

Am Beginn des Essens befanden sich außer uns nur einige wenige weitere Gäste im Lokal, später aber füllte sich das Lokal. Auch in den Nebenräumen saßen Gruppen, die entweder Tee tranken oder an den niedrigen Tischen ihr Essen einnahmen. Große Couscous-Schüsseln und riesige Tajines standen in der Mitte der Tischchen, mit den Händen oder mit Brot wurden die Fleisch- und Gemüsestücke aus dem gemeinsamen Gefäß aufgenommen.

Wir schlossen das Essen mit einem Fruchtsalat aus Granatäpfeln, Orangen und Ananas ab, ein saftiger, frischer Genuss. Währenddessen war es dreiundzwanzig Uhr geworden, doch wir hatten uns so gut unterhalten, dass meine neuen Freunde vorschlugen, gemeinsam noch auf einen Drink in die Bar des Hotels »Les Jardins de la Koutoubia« zu gehen. Sie wollten mir neben diesem ganz im volkstümlichen Stil gestalteten Restaurant auch ein modernes Haus zeigen, denn sie schwärmten davon, dass besonders in Marrakesch beides, die Moderne und die Tradition, ganz hervorragend nebeneinander Platz hätte.

Wir gingen durch die nächtliche Medina zur Bar. Das Hotel liegt zwischen der Koutoubia-Moschee und dem Djemaa el Fna – wir nahmen aber nicht den Weg über den Platz, weil wir das große Getümmel dort vermeiden wollten. Trotz der späten Stunde waren auf den Straßen noch immer viele Leute unterwegs.

Der Eingang zum Hotel liegt in einer kleinen Seitengasse. Man betritt ihn durch hohe Glastüren und geht drei Stufen zur Lobby hinunter. Die öffnet sich zu einem sehr weiten Patio, gegenüber befinden sich ebenfalls hohe Glastüren. Beide Bereiche sind mit Holz in mittleren und dunklen Brauntönen vertäfelt und mit beigefarbenem Marmor ausgelegt. Auf flauschigen roten Wollteppichen stehen braune Ledermöbel. Die roten Teppiche werden von Lampen so geschickt angestrahlt, dass man in eine wunderbar leuchtende und anregende Atmosphäre eingehüllt wird. Links von der Lobby geht es in die Bar. Auch in der Bar herrschen an den Wänden, bei den Möbeln und den Rahmen der Glastüren Brauntöne vor. Die Glastüren werden von langen fließenden Gardinen umweht, alle im gleichen Rot. Rote Lampen verbreiten ein stimmungsvolles Licht und die Theke und die Sitzpolster sind ebenfalls in Rot gehalten.

Wir setzten uns in die Nähe des Innenhofs, von dort aus war ein Schwimmbecken und eine Liegewiese mit Liegestühlen und Korbmöbel zu sehen. In der kühlen Nachtluft saßen an der Bar noch weitere Gäste. Wir bestellten Cocktails, unterhielten uns leise und lauschten dabei den Klängen des Pianisten, der in gedämpfter Lautstärke Jazzlieder spielte. Wir mochten vielleicht eineinhalb Stunden in dieser Bar den wunderbaren Abend haben ausklingen lassen. Es war eine so überaus angenehme, stimmungsvolle und wohlige Atmosphäre, während der immer wieder ein leichtes Lüftchen hereinwehte, dass ich am Ende fast gar nicht mehr aufbrechen wollte.

Zu der fortgeschrittenen Uhrzeit bestellten wir uns alle ein Taxi. Ich musste fast um die ganze Altstadt außerhalb der Stadtmauer herumgefahren werden, denn quer durch die Medina gab es keinen Durchgang für Autos. Abschnittsweise war die Stadtmauer geheimnisvoll beleuchtet. Am Anfang der Gasse zum »Riad Noga« stieg ich aus und bemühte mich, den Weg durch die hohen kahlen Mauern so schnell wie möglich hinter mich zu bringen. Die Nachtwache im Gästehaus hatte wohl schon auf mich als letzte Heimkehrerin gewartet, denn es wurde sofort geöffnet, als ich schellte.

Marianne schlief schon und ich krabbelte vorsichtig ins Bett. Es dauerte lange, bis ich einschlief, denn ich war aufgewühlt und erfüllt von dem schönen Abend, besonders aber von den Farben. Vor meinen Augen, nein, in meinem Kopf sah ich immer noch die vielen Mosaike und Ornamente, die ich bei den Besichtigungen am Tag aufgenommen hatte, sah das warme Grün der Teller im Restaurant und vor allem das strahlende Rot der Teppiche, Vorhänge, Lampen der Bar des »Les Jardins de la Koutoubia«. Noch nie in meinem Leben hatte mich eine Farbe so angeregt. Ich konnte das Rot in meinem Körper spüren. Es durchströmte jede Faser und jede Zelle. Gleichzeitig konnte ich auch das Grün wie Samt auf meiner Haut fühlen. Dies erfüllte mich einerseits mit Spannung und Leidenschaft, andererseits empfand ich eine unglaubliche Ruhe und Frieden. Mit magischen mystischen Gefühlen schlief ich ein.

Bewegung im Rhythmus der Massen

Unser zweiter Tag in Marrakesch begann wieder mit einem ausgiebigen Frühstück auf dem Dachgarten. Wir ließen uns Zeit, um den Tag zu planen. Aus den Prospekten hatten wir die Werbung für einen sogenannten »Hop-on-/Hop-off-Bus« herausgefischt. Damit konnten wir in zwei Touren insgesamt 25 markante Punkte in der Stadt anfahren und innerhalb von 24 Stunden zwischendurch ein und aus steigen, so oft wir wollten. Die für uns am einfachsten erreichbare Einstiegsstation für die Stadtrundfahrt lag am westlichen Ende des Djemaa el Fna und so gingen wir wieder über den Platz, wo die Kutscher neben ihren Pferdekutschen im Schatten der Bäume eines kleinen Parks dösten. Auch mit ihnen hätten wir eine Stadtrundfahrt machen können, doch wir blieben bei unserem Sightseeing per Bus. Mit Kopfhörern und Erklärungen in fünf Sprachen saßen wir auf dem offenen Dach des Busses und konzentrierten uns auf die Erklärungen.

Neben den Sehenswürdigkeiten am Rande der Medina, die mit dem Bus angefahren werden können, wie die Koutoubia-Moschee, die Palais El Badi und Bahia, die Gräber der Saadier, einer Dynastie, die im 16. Jahrhundert in Marrakesch herrschte, die riesigen alten Palmengärten und die Menara ging die Fahrt auch durch die modernen Stadtteile und über mit üppigen Blumenbeeten und Orangenbäumen gesäumte Prachtstraßen wie die Avenue Mohamed V. und den Place de la Liberté. Wir hörten, dass Marrakesch wegen seiner roten Lehmmauern auch »Perle des Südens« oder »Rote Stadt« genannt wird.

Wir kamen auch an dem riesigen und gut bewachten Königspalast vorbei, der nur noch zu bestimmten Anlässen vom König für Repräsentationszwecke genutzt wird, den er aber mit seiner Familie und seinem Gefolge bewohnte, bis er sich vor kurzer Zeit einen neuen Palast gebaut hat. Zum Königspalast gehört ein riesiger Garten, über dessen hohe Mauer auch etliche Palmen hervorragen. Es wurde berichtet, dass dieser Garten seit Jahrzehnten an den Wochenenden für die Öffentlichkeit zugänglich ist. Der junge König führe diese Tradition weiter, weil er der Bevölkerung die Möglichkeit zur Entspannung in diesem Garten geben und er selbst auch seinem Volk nahe sein wolle. Es war eindrucksvoll, wie positiv über den König gesprochen wurde. Wir hörten daraus, dass er Unterstützung und Anerkennung im Volk hat, und dies nicht nur Kraft seines Amtes, sondern wegen seiner Handlungen und seiner Offenheit für die Anliegen der Menschen. In unmittelbarer Nähe des Königspalasts befinden sich die alte Kasbah und ein stark heruntergekommener weiterer Teil der Altstadt mit verfallenden und noch enger zusammenstehenden Häusern als in dem Teil, den wir schon kannten. In diesen hier lebten aber noch viele Menschen.

Wir fuhren beide Touren erst einmal vollständig ab, um sie noch ein zweites Mal zu machen. Dann erst stiegen wir bei einigen Sehenswürdigkeiten aus. So lernten wir sehr viel von Marrakesch kennen und sammelten neue Eindrücke. Besonders interessant war, dass wir bei den Fahrten durch die neueren Stadtteile Gueliz und Hivernage einen guten Einblick bekamen, wie neben dem mittelalterlich anmutenden Leben in der Medina die Moderne genauso präsent war.

Hervorragend geführte First-Class-Hotels, alle Designer-Mode-Labels, die weltweit führenden Automarken und große Unternehmen waren in Marrakesch vertreten und machten, so schien es, gute Geschäfte. Am Rande der ausgedehnten Palmerai waren Stadtteile mit den Nobelvillen der reichen Einwohner von Marrakesch entstanden, zu denen der Zugang kontrolliert wurde und die von Zäunen und Mauern umgeben waren. Noble Hotels und Ferienklubs waren zu sehen, sogar ein großer See mit exklusivem Badestrand war angelegt worden. Das gab es inmitten einer Wüstenstadt!

Wie wir in der Medina einen Tag zuvor beim Tee auf der Terrasse eines kleinen Teesalons gesessen und fast vergessen hatten, dass wir im 20. Jahrhundert waren, so saßen wir an diesem Tag auf dem Boulevard in Gueliz und hätten uns von der Atmosphäre und der Umgebung her genauso gut in Rom oder Paris befinden können.

Als wir am späten Nachmittag müde und abgespannt von dieser Tour in unser Hotel zurückkamen, waren wir sehr beeindruckt von dem anscheinend natürlichen Nebeneinander von Mondänität und Noblesse einerseits und der Armut und dem Verfall andererseits, die wir immer wieder in den verschiedenen Stadtteilen und Bereichen von Marrakesch gespürt hatten. Neben Menschen, die täglich am Rande der Existenz lebten und nur ums Überleben kämpften, gab es ebenso Menschen, die Geld und Vermögen im Überfluss hatten. So krass war mir dies noch nirgendwo aufgefallen, oder war ich bisher nur nicht empfänglich für solche Eindrücke gewesen?

Ich ruhte mich in einer stillen Ecke des Riad auf einer Sitzgruppe aus, die auf dem überdachten Balkon im Hof stand. Dort lagen weitere Bücher und Zeitschriften über Marokko. Aus dem Haus stieg der Singsang und das Geschwätz des Papageis herauf. Ich musste einfach zuhören, denn er gab Worte und kleine Sätze von sich, die er sich wohl nach und nach angeeignet hatte. Dann sang er unterschiedliche Melodien und es kam mir so vor, als würde er ein melodiöses Zwiegespräch führen. Als er aufgehört hatte, war ein leises, wunderschönes »Wilkil, Wilkil, Wilkil« zu hören. Es musste ein kleiner Vogel sein, der irgendwo in den Bäumen im Innenhof saß. Später hörte ich, dass der Vogel ein Bulbul war. Es war lieblich und anregend, diesen Tönen in der Stille des Riads zu lauschen. Der Lärm um das Haus herum und die vielen kahlen Mauern der Medina verschwanden dadurch aus meinem Bewusstsein. Ich hatte noch stärker das Gefühl, inmitten einer Oase der Harmonie zu sein.

Von der Literatur über Marokko vertiefte ich mich besonders in ein älteres Buch, das »Marokko krizem krazem« – »Kreuz und quer durch Marokko« – hieß. Es war 1962 in Prag in deutscher Sprache erschienen und von einem Jan Korinek geschrieben worden. Er berichtete über seine Erfahrungen in Marokko, beginnend in den 1920er und endend in den 1950er Jahren des 20. Jahrhunderts. Er musste das Buch kurz nach der Unabhängigkeitserklärung Marokkos verfasst haben. Es war erstaunlich, wie er über den Aufbruch des damaligen Königs, des Großvaters des heutigen, und seine Anstrengungen, um Aufklärung, Alphabetisierung und Industrialisierung einzuführen, geschrieben hatte. Viele solcher Eindrücke glichen denen, die wir am heutigen Tag auch gehabt hatten, obwohl seither fünfzig Jahre vergangen waren. Konnte es sein, dass in Wirklichkeit in diesen Jahrzehnten gar nicht viel verändert wurde? Oder war es so langwierig und schwierig, diese Veränderungen durchzusetzen?

Das Buch gab einen sehr guten Einblick in das Leben der Marokkaner und ich war mir sicher, dass ich nach dem Lesen mit sehr viel offeneren Augen durch Marrakesch gehen würde. Besonders ausführlich beschrieb er in dem Teil über den Djemaa el Fna den Aberglauben, die Zauberei und Schwarze Magie, die die Grundlage für die vielen Marktstände der Kurpfuscher und Quacksalber bilden. Neben verschiedenen Kräutern der Naturmedizin, die ja auch heute zu Recht wieder mehr Beachtung findet, wie Anis, Basilienkraut, Thymian, Sesam, Kümmel, Henna, Sandarak-Gummi, Essig und etliche im Atlas oder sogar in der Wüste wachsende Kräuter, sollen auf bestimmten Märkten auch viele recht seltsame Mittel angeboten werden.

Er beschrieb, dass viele Krankheiten dem Aberglauben nach von bösen Geistern hervorgerufen würden, den Dschinn. So würden zum Beispiel neugeborene Kinder einen Tropfen Öl, in dem mit einer Dattel Grünspan mit einer alten Münze zerrieben wurde, in den Mund geträufelt bekommen, damit sie erbrechen und so von den bösen Geistern befreit werden. Andere Riten würden angewendet, um sich vor den Geistern zu schützen und sie wieder auszutreiben, wenn sie einen befallen haben.

Aus seinen Gesprächen mit der Bevölkerung hatte er wohl sehr viel über die Methoden der Zauberer und Kurpfuscher erfahren. Er schrieb u. a., dass bei Mumps in der Zauberapotheke der Absud eines verendeten Huhns oder Pferdedünger empfohlen werde und gegen Haarausfall bei Kindern lebende Schnecken eingesetzt würden. Einer Frau, die von ihrem Mann verprügelt wird, werde angeraten, die Borsten einer Hyäne zu rösten und zerrieben in den Kaffee zu mischen, um den Mann zu beruhigen. Lebende oder getrocknete Chamäleons in Öl, mit Lavendel, Kümmel, Mohn und anderen Zutaten gekocht, würden als heilkräftiger Trank gegen verschiedene Krankheiten empfohlen. Ein am Donnerstag gefangener, zu Pulver zerstampfter Skorpion wäre als heilendes Streupulver ein gutes Mittel gegen Hämorrhoiden. Getrocknetes Blut und Fett aus den Nieren von Schafen, die am wichtigen Feiertag Eid-el-Kebir getötet wurden, Borsten verendeter Esel und Wasser aus geschmolzenem Bergschnee würden zur Linderung verschiedener Verletzungen verwendet und die Köpfe von lebenden Schlangen abgeschnitten, in Schilf gesteckt und den Kindern an den Kleidern befestigt, um sie vor Frühlingskrankheiten zu bewahren.

Natürlich gab es auch unzählige Mittel zur Schönheitspflege, egal ob sie halfen oder nicht. Einige hatten sogar ihren Ursprung im Aberglauben. So ummalten sich viele Frauen die Augen mit einem schwarzen Stift, um den bösen Blick abzuwenden. Um die Haut glatt und weich zu machen, würden die Gedärme eines Stachelschweins und die Leber eines tot geborenen Zickleins verwendet. Bereits die wenigen Beispiele aus dem Buch öffneten mir die Augen für das, was an den Marktständen an Kuriositäten verkauft wurde. Auch da hatte sich in den letzten Jahrzehnten wohl nicht viel geändert.

Am Abend aßen Marianne und ich mit den Engländern im »Riad Noga«. Wie am ersten Abend wollten wir gerade zu Abend essen, als die Muezzins ihre Gebete begannen und ihre Gesänge aus allen Teilen der Stadt zu uns drangen. Das Essen war wieder ausgesprochen köstlich. Die Köchin des Hauses hatte einen schmackhaften Salat aus Tomaten mit Blauschimmelkäse und Kräutern gezaubert. Als Hauptgericht gab es Gambas auf Reis an Sahnesoße, als Nachtisch Mousse au Chocolat.

Beim Abendessen berichtete ich von meiner Lektüre und wie Korinek den Djemaa el Fna und das Geschehen dort beschrieben hatte. Von unserem Platz auf dem Dachgarten waren sogar das Licht und der Rauch vom Platz zu sehen. Das spornte uns an, uns um elf Uhr nachts noch einmal gemeinsam zum Djemaa el Fna aufzumachen. Marianne und ihre neuen Freunde waren durch meine Schilderung neugierig geworden.

Und unsere Neugier wurde reich belohnt. In der Nacht hatte der Platz seinen Charakter völlig verändert. War hier tagsüber buntes und geschäftiges Treiben, so war es bei Dunkelheit ein unüberschaubares, fast magisches Kreisen der Menschenmassen, in das wir eintauchten und uns mehr und mehr hineinziehen ließen. Da der Platz recht unregelmäßig ist und von vielen Stellen nur kleine Bereiche zu übersehen sind, stürmten immer wieder neue Einblicke und Eindrücke auf uns ein.

Zunächst fielen uns die hell erleuchteten und vor dem nächtlichen Himmel noch strahlenderen Wagen mit den drapierten Orangen auf. Die Verkäufer boten den frisch gepressten Saft noch freundlicher als am Tag an. Daneben waren Stände mit Melonen, weiteren Obstsorten, Nüssen, Pistazien, Datteln, Feigen und unüberschaubaren anderen Süßigkeiten aufgestellt, helle Planen waren darübergespannt, mit Lampen wurde alles erhellt. Phantasievoll geflochtene Zöpfe aus getrockneten Feigen und in Mustern ausgelegte Nüsse lockten zum Schauen und Stibitzen. Trotz vollem Magen vom guten Abendessen konnten wir uns nicht zurückhalten und naschten hie und da.

In der Mitte des Djemaa el Fna befand sich ein großes Areal, in dem um riesige Grillstände und Garküchen herum lange Tischreihen und Sitzbänke aufgebaut waren. Die Tische waren mit weißen Kunststofftüchern überzogen. Auf den Grillflächen wurden Fleischspieße, halbe und ganze Lämmer, Hammel, Geflügel, Innereien, Fleischstücke und Steaks gebraten. Jeder Gast konnte zusehen, wie das Fleisch zerteilt, gewürzt und über der Glut gegart wurde. Die fertigen Spieße und knusprig braun gebratenen Hammelköpfe waren auf den Theken publikumswirksam angerichtet. Über den Bänken waren Leuchtkörper gespannt. Vom Grill her wehte starker Rauch, denn ständig tropfte Fett auf die glühende Holzkohle. Es roch würzig nach Kräutern und Fleisch. Die Leute, die dort arbeiteten, mussten sich wie in einer Räucherkammer vorkommen. Die Rauchwolken zogen über den ganzen Platz. Das war es also, was wir schon vom Dachgarten aus gesehen hatten.

Alle Tische waren besetzt. Die Leute aßen die knusprigen Fleischstücke sichtlich mit Genuss. Dazu gab es rote Soße zum Eintunken, Salat aus Tomaten, Gurken und Zwiebeln sowie Fladenbrot. Wenn wir nicht so satt gewesen wären, hätten wir uns von dem verführerischen Duft dazu verleiten lassen, dort zu essen, obwohl in allen Reiseführern davor gewarnt wird, in offenen Küchen etwas zu verzehren.

Auf dem Platz war ein buntes Publikum unterwegs. Viele Touristen schlenderten neugierig herum, aber auch viele Einheimische. Schick herausgeputzte junge Leute, Großfamilien in Gruppen, Frauen mit Babys auf dem Arm, alte Frauen mit Kopftuch bei den Töchtern untergehakt, junge Männer in Gruppen und Liebespaare waren in der Masse zu sehen.

Immer wieder versuchten die Köche der Garküchen, uns zum Essen zu animieren. An einem Stand saß ein Bettler, ein kleines Schälchen mit Brot vor sich hin und her schiebend, so als wollte er es verstecken, weil es ihm gerade heimlich zugeschoben worden war. In einem unbeobachteten Moment versuchte er aus einem gebratenen Hammelkopf kleine Fleischstückchen herauszupulen. Fleisch konnte er sich wahrscheinlich noch weniger leisten. Überall wurde geschwatzt, geplaudert, gelacht. Es lag eine entspannte und lebensfrohe Stimmung über diesem Teil des Platzes.

Wie in einem Fluss bewegten wir uns mit der Masse um

den Platz herum. Es kam mir vor, als umrundeten wir die einzelnen Bereiche mehrmals in Form einer Spirale und in einem bestimmten Rhythmus. Aus allen Richtungen waren orientalische Klänge von den vielen Straßenmusikanten zu hören. Die Musik ertönte mal lauter, mal leiser, dann wieder langsamer und schneller. Es war ein immer gleiches Auf und Ab dieser typisch arabischen Melodien.

Neben den Obstständen und den Garküchen hatten auch um diese Zeit unzählige kleine Händler ihre Waren auf dem Boden ausgebreitet, spärliches Licht wurde mit Karbid- oder Gaslampen erzeugt. Es wirkte gespenstisch. Neben allerlei Krimskrams, Mottenkugeln, Kinderspielzeug, Kosmetika und Parfüm wurden, wie in dem Marokkobuch beschrieben, Kräuter, Pasten, getrocknete Eidechsen, Chamäleons, Straußeneier, Seepferdchen, Vogelschädel, Krallen, Wurzeln, Amulette und Fläschchen mit Heiltränken feilgeboten. Gekauft wurde diese Zaubermedizin auch von Leuten, die nicht so aussahen, als wären sie abergläubisch.

Wir beobachteten, wie ein Händler handgeschriebene Tabellen ablas, auf denen verschiedenste Symbole abgebildet waren. Es sah aus, als ob er gerade nach den Symbolen und der Tabelle aus einzelnen Pülverchen und Fett eine Paste für eine Kundin herstellte. An einigen Ständen verzierten Frauen jungen Mädchen oder auch älteren Frauen kunstvoll mit Henna nach Motivvorlagen die Hände oder die Füße. Auf kleinen Stühlen sitzend im Schein von Kerzen, fertigten Schreiber Briefe für Leute an. Die Menschen erzählten dem Schreiber, was sie versenden wollten, und gemeinsam wurde das Schreiben dann aufgesetzt. Wir beobachteten unbemerkt und staunend, mit welcher Ernsthaftigkeit dies ablief, umgeben von den vielen Leuten und dem bunten Leben darum herum.

Hatten wir uns tagsüber noch von den Wahrsagern und Schlangenbeschwörern ferngehalten, so wurden wir von der nächtlichen märchenhaften Atmosphäre auf dem Djemaa el Fna unwiderstehlich in das Geschehen hineingezogen. Eine Tanzgruppe in weißen Baumwollgewändern mit hohen schwarzen Hüten und rasselnden Muschelketten um den Hals tanzte entrückt inmitten vieler Zuschauer. Ein junger Mann erklärte uns, das seien Musiker und Tänzer, die einem Orden angehörten, der bekannt sei für spirituelle Tänze.

An anderer Stelle standen Männer mit an ihre Arme angeketteten Äffchen herum und suchten Touristen, die sich mit den Affen fotografieren lassen wollten. Feuerschlucker versuchten, die Aufmerksamkeit auf sich zu ziehen, und Zigarettenverkäufer mit dicken Bauchläden zwängten sich durch die Menge hindurch, während sie laut rufend ihre Ware anpriesen. Abwechselnd waren Tamburine, Trommeln, Hirtengeigen und Flöten zu hören. Die Musik und die Bewegung der Menge schwollen an und ab, so wie die Wellen des Meeres. Jeder der Schausteller und Gaukler kämpfte mit seinen Mitteln darum, die Menschen aus der Masse herauszulocken und zum Anhalten zu bewegen, denn das war ihre einzige Chance, Zuschauer in ihren Bann zu ziehen.

An einer Stelle waren wir bei einer Gruppe von Akrobaten stehen geblieben. Es waren sechs junge Marokkaner in roten und blauen Pluderhosen und weißen weiten Hemden darüber. Sie vollführten waghalsigste Kunststückchen. Einmal schlugen sie Rad in einer unglaublichen Geschwindigkeit, nebeneinander, durcheinander und gegeneinander. Dann wieder sprangen sie vom Kopfstand nach hinten im Überschlag auf die Füße, auch das in ungehörigem Tempo in verschiedensten Formationen. Sie schlugen Salti und bildeten durch Hochspringen auf die Schultern von drei unten stehenden und zwei darüberstehenden Akrobaten ein Dreieck, indem sie mit den Armen als äußere Begrenzung ein Seil vom obersten letzten Mann auf beiden Seiten nach unten spannten. Es war atemberaubend, diesen Kunststücken zuzusehen, denn sie hatten weder Matten auf dem Boden liegen noch eine andere Absicherung. Es spielte sich alles auf dem harten Asphalt ab. Zum Schluss der Vorstellung machten sie noch einige Späßchen durch Seilziehen und Jonglieren mit Bällen. Das Publikum zollte mit rasendem Applaus Anerkennung und alle zahlten gerne für diese Vorstellung.

An anderer Stelle gab es Zauberer, die kleine Kunststückchen vollbrachten. Es war wie ein riesiger Jahrmarkt, nur nicht mit dem immensen technischen Aufwand, wie er in Europa und der westlichen Welt betrieben wird, sondern mit Attraktionen, die von den Menschen selbst vollbracht wurden. Sie boten allein mit ihrer Körperbeherrschung, Gestik und Erscheinung für das kritische Publikum spannende Unterhaltung. Es wurde ihnen reich gedankt.

In den Wellenbewegungen und Kreisen, in denen wir den Platz umrundeten, hatten wir immer wieder Neues, Aufregendes oder Interessantes entdeckt und merkten nicht, wie die Zeit dahinging.

In der Nähe des »Club Med« trafen wir auf eine große Menschenmenge, die im Halbkreis um drei in Dschellabas gekleidete und mit Turbanen bedeckte Männer herumstand, die offenbar gemeinsam gestikulierend eine Geschichte erzählten. Wir stellten uns dazu, verstanden aber kein Wort, weil sie wohl in Arabisch oder in einer Berbersprache vortrugen, doch allein die leidenschaftlichen Gesten der Männer bei ihrem Vortrag begeisterten uns schon. Zwischendurch wurde Geld von den Zuschauern gesammelt, und hier gaben wir bereitwillig, denn auch das Zusehen schien interessant und spannend zu werden. Kurz nachdem der Obolus eingesammelt worden war, stellte sich ein junger Marokkaner zu uns und bot uns an, den Vortrag ins Englische zu übersetzen. Das nahmen wir dankend an und gaben ihm auch gern das Entgelt, das er für diesen Dienst verlangte.

Die Darbietung handelte von zwei Brüdern, die vor vielen, vielen Jahre jahrein und jahraus die Karawanen von Timbuktu nach Marrakesch als Kamelführer begleiteten. Eine Karawane brauchte drei Monate für diese Tour und transportiert wurde von Timbuktu aus Salz, Gold, Elfenbein und Sklaven. Der ehemalige Sklavenmarkt auf dem Rahba Kedime in der Nähe des Djemaa el Fna würde von dieser Zeit noch beredtes Zeugnis geben, wurde gesagt. Von Marrakesch nach Timbuktu und umgekehrt wurden all die Waren, die in Marrakesch in den Souks gehandelt wurden, für Händler hin und her transportiert. Über den sagenhaften Reichtum dieser beiden Städte sprachen sie in den schillerndsten Farben. Die Strapazen der Karawanenarbeit wurden lebendig geschildert. Es sei sehr beschwerlich gewesen; zwölf Stunden Fußmarsch am Tag in der gleißenden Sonne waren die Regel. Nachts sei es in der Wüste immer sehr kalt und weil sie neben den transportierten Waren, dem Trinkwasser und den kärglichen Lebensmitteln fürs Überleben nicht viel anderes Gepäck mitnehmen durften, konnten sie sich nachts nur in ihre Dschellabas einwickeln, ihre langen blauen Tücher zur Kopfbedeckung um den Leib hüllen und sich nahe an die Kamele legen, damit sie von den Tieren etwas Wärme abbekamen. Aber die drei Monate Weg durch die Wüste und über das Atlasgebirge waren auch gefährlich, denn überall lauerten Gefahren wie Überfälle von Wegelagerern, die es auf die Waren abgesehen hatten und oftmals die Karawanenbegleiter umbrachten. Aber auch Krankheiten und Verletzungen konnten auf der langen Reise lebensgefährlich werden, denn diese mussten mit den wenigen Mittelchen, die sie dabeihatten, behandelt werden.

Sandstürme waren jedoch das größte Hindernis, denn dann konnte oft tagelang nicht weitergegangen werden, und mitten in der unendlichen Weite der Wüste gab es keinen Schutz vor den in alle Falten und Öffnungen der Kleidung und des Körpers eindringenden feinen Sandkörnern. Jedes Mal, wenn sie so eine Tour hinter sich gebracht hatten, waren sie abgemagert und ausgedörrt und haben sich dann in den Handelszentren von den kleinen Annehmlichkeiten des städtischen Lebens wieder die Lebensgeister wecken lassen. Nur einige wenige Wochen im Jahr konnten sie bei ihrer Familie im Heimatdorf im Jebel Bani verbringen, während sie ungeduldig auf die Nachricht warteten, dass wieder eine neue Karawane zusammengestellt würde.

Im zwölften Jahr ihrer Laufbahn als Karawanenbegleiter gab es während einer Karawanentour, die in Timbuktu aufgebrochen war, nach der vierten Woche mitten in der Sahara einen so starken Sandsturm, dass es an einen Weltuntergang grenzte. Der Sturm war so dicht, dass die Karawane auseinanderfiel. Tagelang hatten sie im Sand gelegen und nur darauf gehofft, dass der Sturm endlich nachlassen würde. Als der Wind sich gelegt hatte und sich der Ältere der Brüder neben anderen Gefährten den Sand aus den Kleidern klopfte und aus dem Gesicht rieb, merkte er, dass sein jüngerer Bruder verschwunden war. Er war offenbar mit dem getrennten Teil zurückgeblieben oder einen anderen Weg gegangen. Sie suchten die Gegend ab, doch ein Drittel der Karawane blieb verschollen. Da sie Wasser brauchten und die Sonne auch schon wieder zu brennen begonnen hatte, war keine Zeit, die Suche zu lange auszudehnen, es gab keinen Aufschub, die Karawane musste weiterziehen, um das eigene Überleben zu sichern. Den ganzen weiteren Weg bis Marrakesch versuchte der ältere Bruder, etwas über den Verbleib seines jüngeren Bruders herauszufinden, jeden Nomaden, den er unterwegs traf, fragte er nach anderen mit Kamelen Umherziehenden aus; auch in den Oasen fragte er, ob irgendjemand etwas von den verlorenen Karawanenmitgliedern gehört habe. Doch sein Bruder und alle anderen blieben verschwunden. In Marrakesch angekommen, konnte er sich gar nicht an dem städtischen Leben freuen, denn er war nur damit beschäftigt, nach seinem Bruder zu suchen, und er grübelte darüber nach, wie er den Verlust seinen Eltern beibringen könnte, denn die hatten ihm immer wieder aufgetragen, dass er auf ihn aufpassen solle. Letzten Endes sei ihm nichts anderes übrig geblieben, als schweren Herzens zu seinen Eltern zurückzukehren und ihnen die furchtbare Nachricht vom Verlust ihres jüngsten Sohnes zu überbringen.

Seine Eltern ließen nach diesem Unglück nicht mehr zu, dass der ältere Sohn weiter seinen Lebensunterhalt mit der Begleitung von Karawanen verdiente, so musste er sich in der Oase beim Anbau der Datteln nützlich machen. Dort lebte er einige Jahre freudlos und ärmlich, denn er kam über das Unglück des Verlusts des Bruders nicht hinweg, bis er eines Tages den Entschluss fasste, das Draa-Tal entlang nach Westen in eine Stadt am Meer zu gehen, weil er gehört hatte, dass es dort im Hafen gut bezahlte Arbeit gebe.

So war es gekommen, dass er eines Tages in einer Teestube am Hafen in Essaouira nach getaner Tagelöhnerarbeit saß. Plötzlich sah er einen Mann mittleren Alters, der ihm irgendwie bekannt vorkam. Er ging ihm nach in ein großes Haus in der Nähe des Hafens. Er war von dem Aussehen und den Bewegungen dieses Mannes so angezogen, dass er sich sein ganzes Herz zusammennahm und an der Haustür klopfte. Nachdem er hereingelassen worden war, fragte er nach dem Mann, der gerade das Haus betreten hatte. Als dieser kam und fragte, was los sei, erkannte er plötzlich seinen Bruder an der Stimme, stürmte auf ihn los und umarmte ihn. Dieser habe aber lange gebraucht, bis er erkannte, was geschah.

Erst nach langem Fragen und Reden ergab sich, was nach dem Sandsturm geschehen war. Es stellte sich heraus, dass der jüngere Bruder mit einem Teil der Karawane im Sandsturm weit zurückgeblieben war. Alle hatten tagelang ums nackte Überleben gekämpft und er war schließlich halb verdurstet und verhungert von Nomaden aufgelesen und lange gepflegt worden. Danach hatte der jüngere Bruder nicht mehr gewusst, wo er herkam und hingehörte. Schließlich hatte er sich Händlern in einer kleinen Stadt in der Wüste angeschlossen und war über viele Stationen in entlegenen Gegenden schließlich in die Hafenstadt gekommen. Dort hatte er beim Hafenmeister eine Anstellung bekommen und später dessen Tochter geheiratet. Als die beiden Brüder endlich wieder zueinandergefunden hatten, war eine große Freude bei beiden ausgebrochen. Sie verständigten auch die alten Eltern, holten sie in die Stadt und lebten fortan glücklich mit allen Familienmitgliedern zusammen.

Die drei Vortragenden boten diese Geschichte mit großen und leidenschaftlichen Gesten dar. Die Worte mussten in Arabisch sehr ausschmückend und gefühlsbeladen gewesen sein, denn allein die Übersetzung war schon mitreißend. Der junge Marokkaner sprach zwar ein ganz passables Englisch, doch war sein Wortschatz nicht so groß, wie dies im Originalvortrag zu erkennen war. Das Publikum hatte den Erzählern ganz gebannt gelauscht, einige hatten sich auch auf mitgebrachte kleine Bänkchen gesetzt. Es war faszinierend gewesen, diesen Erzählern zuzusehen. Sie mussten die gesamte Spannung mit ihrem Erzählstil, ihrer Mimik und ihren Gebärden erzeugen, denn Kulissen oder Verkleidungen wie im Theater hatten sie nicht. Doch obwohl es durch die Übersetzung wie ein Erlebnis aus zweiter Hand war, hatten auch wir und andere Touristen hingebungsvoll gelauscht. Wir hatten wie alle in diesem Kreis am Schluss der Erzählung über den guten Ausgang vor Glück geklatscht und waren nach kurzem Innehalten freudig und entspannt weitergegangen. Es war, als hätten wir einem Märchen aus »Tausendundeiner Nacht« zugehört.

Als wir beim Weitergehen auf die Uhr sahen, war es schon ein Uhr nachts. Auf dem Djemaa el Fna war immer noch ein großer Trubel, die Massen waren immer noch angestachelt von den vielen Attraktionen und die Cafés hatten noch geöffnet. Wir entschlossen uns, in das zentrale Café mit Dachterrasse zu gehen und noch eine Kleinigkeit zu trinken. Wir setzten uns auf die oberste Terrasse; erfreulicherweise war gerade ganz vorne ein Tisch mit gutem Blick auf den Djemaa el Fna frei geworden. So konnten wir noch einen Pfefferminztee zu uns nehmen und gleichzeitig die Aussicht auf das Geschehen unten genießen.

Obwohl es schon nach Mitternacht war, hatte sich das Gedrängel sogar noch verstärkt. Es war so, als steigerte sich die Spannung von Stunde zu Stunde. Die Bewegung und die Musik hatten sich seit unseren ersten Runden hochgeschaukelt und strebten nach unserem Empfinden einem Höhepunkt zu. Was immer das auch sein konnte, wir wollten es erleben. Während wir immer leicht am Tee nippten, unterhielten wir uns über unsere Eindrücke, doch die meiste Zeit waren wir damit beschäftigt, gefesselt auf die Bewegungen und die sich um den Platz wälzende Menge zu sehen. Ab und zu kam am Rande des Platzes noch eine Pferdekalesche angefahren und lud Fahrgäste aus, andere ein. Dazwischen, wie zu jeder Tageszeit in der Altstadt, Mopeds und Fahrräder. Sogar einige Taxis wagten sich ab und zu auf den Platz.

Nach zwei Uhr morgens ebbte das Geschehen ohne ein für uns erkennbares besonderes Ereignis doch ab. Es wurde nach und nach leerer, einige Buden wurden abgebaut und auf kleine Wagen geladen, die Marktstände rund um den

Platz herum wurden ausgekehrt und die Verschläge verschlossen. Auch in den Souks wurde es dunkler und nur noch wenige Menschen kamen aus den Gassen heraus. Wir bezahlten gemächlich unsere Getränke und machten uns auf den Heimweg.

Als wir über den Djemaa el Fna in Richtung Rue des Banques gingen, durch die der belebteste Weg zum Riad führte, kam eine junge, in eine rosafarbene Dschellaba gehüllte Frau auf Marianne zu und sprach sie nacheinander auf Französisch, Englisch und Deutsch an. Dabei versuchte sie uns beharrlich zu einer alten Frau zu locken, die auf einem kleinen Hocker neben einem kleinen Tischchen mit einer Öllampe saß. Als wir stehen blieben, erklärte uns die junge Frau auf Deutsch und Englisch, dass die alte Frau eine Wahrsagerin sei und von Weitem auf uns gedeutet habe, denn sie habe gesehen, dass auf uns beide Frauen viel zukommen würde. Wir lehnten entschlossen ab, doch sie ließ nicht locker, und schließlich meinten unsere beiden Begleiter, die kleine Nachgiebigkeit könnten wir uns doch nach dem erlebnisreichen Abend leisten. Also ließen wir uns darauf ein und bezahlten den ausgemachten Preis. Die junge Frau erklärte, dass sie übersetzen werde, denn die alte Frau würde nur einen Berberdialekt beherrschen. Es stellte sich sehr schnell heraus, dass die junge Frau ausgezeichnet Deutsch sprach, da sie in Deutschland aufgewachsen war.

Marianne war als Erste dran. Sie setzte sich auf einen kleinen Hocker der alten Frau gegenüber, die junge Frau nahm daneben Platz. Unsere beiden Begleiter und ich standen darum herum. Dann ergriff die alte Frau Mariannes Hände, betrachtete sie lange von beiden Seiten und nahm aus einem kleinen Säckchen etwa zehn kleine, runde, blank geriebene Steine. Nachdem sie die Steine lange durch ihre Hände hin und her und dann auf ein kleines Tablett gleiten ließ, fing sie leise an zu sprechen. Die junge Frau übersetzte, sobald eine Pause eintrat.

Zunächst erzählte die Wahrsagerin von den Konstellationen, in denen Marianne in ihrer Kindheit und Jugend gelebt hatte. Da ich viel über meine beste Freundin wusste, bekam ich mit, dass fast alles, was sie sagte, zutraf und dadurch Marianne mehr und mehr ihre Reserviertheit ablegte und immer aufmerksamer zuhörte. Nach weiteren Ausführungen über Vorkommnisse der letzten Jahre sprach die alte Frau davon, dass Marianne erst vor Kurzem eine sehr große Enttäuschung durchgemacht hatte und sie nach Marrakesch mit einer ganz anderen Person gekommen sei, als ursprünglich vorgesehen war. Auch das stimmte alles, denn sonst hätte ich ja nicht in diesem Moment dort neben ihr gestanden. Doch dann sagte sie, das sei weniger ein Unglück als vielmehr ein Glück oder eine Vorsehung, denn durch diese Begebenheit sei sie offen für etwas ganz Großartiges, Neues. Damit wurde sie ganz erregt, stand auf, nahm meine Freundin in den Arm und sagte, Marianne stehe unmittelbar vor dem größten Glück, das sie in ihrem Leben haben könne, sie brauche es nur mit den Händen zu fassen. Dann nahm sie Marianne in die Arme, drückte sie lange, strich ihr sanft mit beiden Händen über die Wangen und setzte sich dann unmittelbar wieder auf ihren Hocker.

Wir Zuschauer waren ganz perplex über das gerade Erlebte und ließen Marianne Zeit, sich zu fassen. Dann forderte die alte Frau mich auf, sich zu ihr zu setzen. Auch meine beiden Hände betrachtete sie lange von beiden Seiten. Ich spürte ihre schmalen, weichen und warmen Hände, die mich ganz sanft und doch bestimmt erfassten. Es kam mir so vor, als ob eine einzigartige Energie von diesen Händen ausging. Als sie mich wieder losließ, fühlte auch ich mich bereits magnetisch von ihr angezogen und sah aufmerksam in ihr weiches, faltiges Gesicht unter dem großen Kopftuch. Als sie nun aus einem anderen Säckchen runde, glatt geschliffene Quarzsteinchen in verschiedenen Schattierungen zog, sie in ihren Händen kreisen und sie dann auf das kleine Tablett gleiten ließ, stieg in mir zum einen eine große Spannung im ganzen Körper auf, andererseits spürte ich gleichzeitig ein starkes Gefühl des Vertrauens zu ihr.

Sie fing bei mir sofort mit der jüngsten Vergangenheit an und sagte, dass ich so angestrengt gelebt hätte, dass alle Empfindungen in mir vollständig erstarrt und abgestorben seien. Sie beschrieb mich als Marionette, an der viele Personen und Kräfte von allen Seiten zerrten und die nach den Vorstellungen der anderen Menschen funktionieren würde statt nach eigenen Ansichten zu handeln. Auch die Person, mit der ich am engsten verbunden sei, könne mich da nicht herausziehen, weil es ihr selbst so ergehen würde, ja vielleicht noch viel schlimmer. Sie fügte hinzu, dass wir beide dabei im Gegensatz zu vielen sehr armen Menschen, zum Beispiel hier auf dem Platz, alles, was wir für ein gutes Leben bräuchten, hätten. Während sie eindringlich auf mich einredete, zwickte sie mich am Oberarm und warnte mich davor, so weiterzuleben, denn dann würde ich versäumen zu leben.

Ich wollte protestieren und einwenden, dass alles ganz anders wäre und es nicht an uns liegen würde, sondern an den Umständen. Auch dachte ich an meine Erregung am Flughafen wegen meines Koffers, da war ich alles andere als erstarrt gewesen. Doch nachdem ich ansetzte, darüber zu berichten, sie das aber gar nicht beachtete, wurde mir klar, dass sie mit mir keinen Dialog führen wollte. Sie redete weiter darüber, dass mein Aufenthalt in Marrakesch eine Vorsehung sei und ich damit die Möglichkeit hätte, das Erstarrte abzulegen, ich müsse nur mit offenen Augen, Ohren, Nase und Herzen durch die Stadt gehen. Sie führte weiter aus, dass ich einfach von überall her das aufnehmen könne, was mir fehlte. Ich solle mein eigenes Marrakesch entdecken, das sei der Schlüssel für den Weg durch ein Tor in ein neues Leben. Aber, so schärfte sie mir bestimmt und ausdrücklich ein, ich solle es nicht zerreden und nicht zu viel darüber plappern. Sie betonte, ich solle auch nicht sofort versuchen, etwas zu verändern, die Umstände würden sich ändern, wenn ich die Zeit arbeiten ließe.

Es ging weiter damit, dass sie sagte, ich würde sehr bald eine entscheidende Erkenntnis haben und sie müsse mich darauf vorbereiten, dass danach sehr schwere Aufgaben und Prüfungen auf mich zukommen würden. Sie prophezeite, dass ich dabei sehr oft sehr verzweifelt sein würde, denn ich würde lange Zeit allein sein und eine geliebte Person suchen. Doch wenn ich durchhalten würde und an die geliebte Person glaube und weitere Prüfungen bestehe, dann könne für mich letztes Endes eine wunderbare Zeit beginnen und dann würde ich das Leben und die Welt wirklich verstehen. Damit strich sie mir mit beiden Händen ganz sanft über die Wangen, sah mich zärtlich an und beendete ihre Rede.

Ich war erschüttert und doch ruhig und gefasst. Marianne nahm mich in den Arm, als wolle sie mich trösten. Wir verabschiedeten uns schnell und machten uns zu viert auf den Heimweg ins Gästehaus. Unsere beiden englischen Begleiter hatten uns zwar zu diesem Erlebnis ermuntert, doch da sie kaum Deutsch sprachen, hatten sie nicht viel von dem, was die alte Frau über die Übersetzung erzählt hatte, mitbekommen. Sie hatten sich jedoch offenbar nicht gelangweilt, sondern die ganze Zeit mit Interesse und Anteilnahme dabeigestanden. Marianne und ich waren auf dem Heimweg durch die dunklen Gassen noch immer in Gedanken versunken, weil wir das Gehörte verarbeiten mussten, und auch dabei waren die beiden sehr rücksichtsvoll. Sie hatten nicht versucht, uns in Gespräche zu verwickeln und abzulenken. Sie bemerkten nur, dass es für sie besonders eindrucksvoll gewesen sei, was sich vor ihren Augen abgespielt hatte, und sie nicht geahnt hätten, dass das so tiefgehend werden würde, denn sie hätten Wahrsagen bisher nur für Scharlatanerie gehalten.

Als wir am Hotel ankamen waren, war es bereits drei Uhr morgens und alle anderen Gäste wohl bereits in tiefem Schlaf. Die Wache für die Nacht hatte nach unserem Schellen leise geöffnet, denn man wusste natürlich, dass wir noch unterwegs gewesen waren. Man bedeutete uns, dass man Verständnis für unser spätes Kommen habe, denn wenn die Gäste auf den Djemaa el Fna gingen, würde es immer spät werden. Bei Nacht sei es halt dort am interessantesten. Ich fühlte mich noch so wach, dass ich Marianne nicht zumuten wollte, mich neben sich im Bett noch lange herumwälzen zu hören. Deshalb überredete ich die Nachtwache, mich auf den Dachgarten zu lassen. Er zögerte lange, da dies nachts nicht erwünscht sei. Über die Dächer könne leicht jemand auf den Dachgarten herübersteigen, und das sei zu gefährlich, deshalb sei der Zugang nachts verschlossen. Ich hatte ihn dann doch dazu überreden können und mir eine Decke mitgenommen, weil es kühl geworden war. Er hatte die Tür zum Dachgarten hinter mir wieder abgeschlossen und wir hatten vereinbart, dass ich ihn auf dem Handy anrufen würde, wenn ich doch wieder nach unten in unser Zimmer wollte. Außerdem würde er seine Rundgänge machen und nachsehen, ob alles in Ordnung ist.

Auf dem Dachgarten hatte ich mich in meine Decke gemummelt und lange in den Himmel geschaut. Weil in der Stadt zwar nur dürftiges, aber doch noch etwas Licht brannte, waren nicht allzu viele Sterne zu sehen gewesen. Ich hatte vor mich hin sinniert und den Tag und die Erlebnisse auf dem Djemaa el Fna Revue passieren lassen. Was ich mit den Eindrücken und dem Gehörten anfangen sollte, wusste ich noch nicht. Ich war in eine Gemütslage gekommen, in der die Gedanken ohne Kontrolle ziellos auf mich einstürmten, bis ich das Gefühl hatte, an nichts mehr zu denken. Es war wie ein schwereloses, gedankenfreies Treiben in einem großen ruhigen Wasser. Nach langer Zeit in diesem Zustand muss ich doch eingeschlafen sein, denn plötzlich wurde ich durch die Stimmen der Muezzins wach. Wie von weit her war zuerst nur eine Stimme zu hören, die mich aufschreckte. Diese wurde lauter und nach und nach kamen weitere verstärkend hinzu. So allein auf dem Dachgarten war dies ein eigentümlicher Zustand. Es war noch dunkel und ich fühlte mich in eine andere Welt versetzt, in eine andere Zeit, ja sogar als eine andere Person.

Noch lange nachdem der Gesang der Muezzine geendet hatte, war ich in dieser Stimmung.

Als ich am anderen Tag darüber nachdachte, war ich nahe daran, anzunehmen, dass ich wirklich durch eine Tür eine andere Realität betreten hatte.

Danach schlief ich wieder ein und wachte erst auf, als die Nachtwache mich weckte und sich verabschiedete, weil die Angestellten für den Tagesdienst gekommen waren. Darauf ging ich in unser Zimmer und im Riad begann derweil der Tag. Marianne schlief noch und auch ich kroch noch mal unter die Decke und schlief bis elf Uhr tief und fest.

Einlassen auf Neues

Da wir erst spät am Vormittag zum Frühstück erschienen, wurde es uns im vorderen Innenhof serviert, und nach den Baguettes nahmen wir noch eine Portion Spaghetti, die nur mit Arganöl und etwas Käse angerichtet war, dazu eine große Schüssel grünen Salat. Die Hausherrin hatte sich zu uns gesetzt und plauderte etwas mit Marianne und mir. Unsere englischen Freunde waren schon früh zu einer Tour in die Umgebung von Marrakesch aufgebrochen. Die Hausherrin erzählte, dass Arganöl aus Nüssen gewonnen werde und dass die breit ausladenden, dornigen Arganierbäume nur in Marokko und auch dort nur im Südwesten und im Hohen Atlas wachsen. Ihr Anbau in Israel und Algerien sei kläglich gescheitert. Außerdem sei der Herstellungsprozess für Arganöl sehr aufwendig. Die Frauen müssten die Früchte in Handarbeit verarbeiten, weil die Nüsse so hart sind, dass sie nur an einer bestimmten Stelle der Schale auf Steinen aufgeklopft werden können. Deshalb sei diese Delikatesse, die weltweit immer mehr in die Gourmetküchen Einzug halte, außerhalb Marokkos sehr teuer, im Land allerdings sei das Öl noch zu erschwinglichen Preisen zu kaufen. Das Öl sei sehr aromareich, und bei jedem Gericht, das damit angerichtet werde, trete eine andere Geschmacksnote hervor. So würde der leichte Nussgeschmack des Arganöls den Geschmack von Lammfleisch verfeinern, während im Couscous leicht ein Aroma von Sesam aus dem Öl hervortrete. Am beliebtesten sei der Gebrauch des Öls beim Frühstück. Dabei würde Fladenbrot, das in Arganöl getaucht wird, in

Verbindung mit Mandeln und Orangenblütenhonig einen unvergleichlichen Genuss ergeben, weil die Honigsüße und der Mandelcharakter durch das leichte Nussaroma des Öls besonders gut harmonieren würden. Das klang so lecker, dass wir beinahe wieder von vorn mit dem Frühstück hätten beginnen können. Auch die Spaghetti schmeckten unvergleichlich gut und hatten einen solch feinen Nussgeschmack, wie ich ihn noch nie geschmeckt hatte.

Wir waren von dem ausgedehnten Frühstück gesättigt, saßen bequem im schattigen Innenhof und waren von dem Trubel und der langen Nacht auf dem Djemaa el Fna noch so zerschlagen, dass wir an diesem Tag gar kein Verlangen nach erneuter Ablenkung in der Stadt hatten. Die Hausherrin empfahl uns, doch in einem Hamam ein Wohlfühlprogramm zu machen. Sie sagte, in der Altstadt gebe es sehr viele davon, meist seien sie von außen gar nicht zu erkennen, denn die Anlagen würden sich hinter unscheinbaren Eingängen und Fassaden befinden. Ein Hamambesuch sei ein wöchentliches Muss für jeden Einheimischen. Gerade in der Altstadt hätten viele alte Häuser nur dürftige sanitäre Einrichtungen und eine regelmäßige und sehr gründliche Körperreinigung werde von den Menschen allein schon aus religiösen Gründen eingehalten. Für uns sei beim ersten Marokkobesuch ein etwas gediegenerer und auf westliche Lebensweise ausgerichteter Hamam empfehlenswert. Ganz in der Nähe des Riad sei vor einem Jahr ein neuer eröffnet worden. Das klang für uns sehr verlockend, und so buchte sie für uns für etwa eine Stunde später einen Termin mit einem »Rundum-Reinigungs-Massage-und-Entspannungsprogramm«.

Nachdem wir das Frühstück beendet hatten, stöberten wir noch in der kleinen Bibliothek und fanden bei den Reiseführern die Beschreibung eines Hamams. Uns wurde schnell klar, dass die in letzter Zeit bei uns in einigen Sauna-Landschaften eingerichteten Hamams mehr unseren westlichen Phantasien und Vorstellungen entsprachen als ihrem Ursprung in orientalischen Ländern. Die Journalistin und Reisebuchautorin Muriel Brunswig-Ibrahim beschrieb in dem Buch, dass der Hamam Dampfbad und Nachrichtenbörse zugleich und aus dem täglichen Leben in Marokko nicht wegzudenken sei. Die Frauen hätten in den Hamams entweder ihre festen Badetage oder streng von den Männern abgetrennte Bereiche. Die Badeanstalt würde ihnen das Teehaus ersetzen, hier würden Geheimnisse ausgetauscht und Heiratspläne gemacht, berichtete Brunswig-Ibrahim, die wohl lange Reisen in Marokko gemacht hatte und durch gute Kontakte mit der Bevölkerung die Gepflogenheiten sehr gut kannte. Wenn die Frauen zusammen mit den Kindern die Dampfbäder belegten, sei das Kichern, Lachen und Geplapper unbeschreiblich. Der Hamam sei deshalb so beliebt, weil bei einer Körperbehandlung dort nicht nur alle alten Hautschichten und abgestorbenen Haare entfernt würden, sondern gleichzeitig die sonst so große Zurückgezogenheit und Schüchternheit der marokkanischen Frauen einem ungestörten und freien Umgang untereinander weichen würde. Um nach einigen Stunden wie neugeboren und bis in alle Poren hinein sauber aus dem Hamam herauszukommen, müsse man sich jedoch einer gewissen Tortur unterziehen.

Kurz bevor wir uns zu unserem Hamambesuch aufmachten, schellte es an der Haustür und mir wurde ein kleiner

Brief überreicht. Ich war ganz verdutzt, denn wer sollte mir hier eine persönliche Botschaft zukommen lassen? Als ich den Brief gelesen hatte, war ich freudig überrascht, denn das französische Ehepaar, André und Simone, mit dem ich am zweiten Abend meines Marrakeschaufenthalts zusammengegessen hatte, lud mich für den Abend als Begleitung zu einem Fest bei ihren Bekannten im Stadtteil Hivernage ein. Sie schrieben, sie würden mich um zwanzig Uhr am Riad mit einem Taxi abholen und es werde mir sicher gefallen, denn es gebe viele nette Leute kennenzulernen. Das war ganz rührend und ich nahm die Einladung gerne an.

Dann machten Marianne und ich uns auf den Weg zum Hamam, denn nach unserer Lektüre waren wir sehr gespannt. Wir brauchten nur dreimal um die Ecke zu gehen und waren schon bei dem unscheinbaren Haus, dessen Eingang in einem kleinen Gässchen lag, mit dem Schild »Spa« über der Tür. Auch hier war von der äußeren Gestaltung des Hauses nicht auf die Gediegenheit des Inneren zu schließen. Man kam im Erdgeschoss durch einen dunklen kurzen Flur in einen oben offenen, hellen kleinen Innenhof, in dem sich ein längliches, flaches, mit einem breiten, mittelgrau satinierten Rand versehenes Metallbecken mit Wasser befand, das in den Boden eingelassen war. Im Wasser schwammen Rosenblätter. Um das Wasserbecken herum standen vier große Metallkübel in der gleichen Farbe wie das Wasserbecken, in ihnen große hohe Grünpflanzen. Alle Wände des Innenhofs, der umliegenden Räume und auch der oberen Stockwerke waren in einer hellgrauen Kalkfarbe gestrichen. In einer offenen Nische im Innenhof und in den angrenzenden Räumen, die durch breite Glastüren betreten wurden, standen dunkelbraune, schnörkellose Design-Holztische und -stühle sowie Sofas mit cremeweißen Leinenpolstern. Große Spiegel in ebenfalls dunkelbraunen Holzrahmen hingen an den Wänden. Alles war in einem warmen zurückhaltenden Ton gehalten, leise Musik war im Hintergrund zu hören. Wir wurden von jungen Angestellten in dunkelbrauner beziehungsweise cremefarbener Leinenkleidung begrüßt und gebeten, noch etwas in einer ruhigen Ecke Platz zu nehmen. Dazu wurden uns Thé, Kaffee und kleines Gebäck angeboten. Im Innenhof hielten sich einige andere Besucher auf, die sich leise unterhielten, im Bademantel zwischen zwei Behandlungen ausruhten oder zur nächsten Behandlung abgeholt wurden. Alles verlief ruhig und entspannt.

Nach etwa zehn Minuten kam eine Angestellte mit einer großen offenen Tasche aus Bast, in der ein flauschiger weißer Bademantel lag, führte uns in einen Nebenraum und bat uns, uns umzuziehen. Dann wurden wir abgeholt, unsere Straßenkleidung kam in die Basttasche und sie wurde in einem Fach abgestellt. Wir wurden über eine enge Treppe ins zweite Stockwerk geführt und in getrennte Räume gewiesen. Der Raum, in den ich geführt wurde, war niedrig, nur schwach beleuchtet und feuchtwarm. Die Wände waren mit dunkelrosa Tadelakt verputzt, in der Mitte des Raums stand eine Liege mit einer Kunststoffauflage und in der Ecke des Raums war ein großes Wasserbecken mit dampfendem warmem Wasser. Ich wurde schon von einer anderen Angestellten erwartet. Sie bat mich, den Bademantel abzulegen, schüttete zunächst mit einem Schälchen warmes Wasser über meine Schultern und den ganzen Körper und dann sollte ich mich auf die Pritsche legen.

Ich hatte eine Behandlung mit »Delices«, also Süßem bestellt. Es stellte sich heraus, dass es Honig in Öl mit großen Zuckerkristallen war. Aus einer Schale nahm sie immer wieder eine Handvoll der Flüssigkeit und begann mich am ganzen Körper damit abzureiben. So bearbeitete sie mich etwa eine Viertelstunde, durchaus mit festem Druck auf die Haut. Erst hatte das etwas wehgetan, weil die Zuckerkristalle piksten und auf der Haut scheuerten, doch dann merkte ich, dass es wie ein starkes Peeling wirkte und der Honig und das Öl dabei sanft in die Haut eindrangen. Nach einiger Zeit gab ich mich ganz der Bearbeitung hin, schloss die Augen, spürte die Wärme im Raum um mich herum und fühlte nur noch das Reiben auf dem Körper. Als sie damit geendet hatte, bat sie mich aufzustehen, und ich wurde nochmals mit dem warmen Wasser rundum abgeschüttet und die noch nicht aufgelösten Zuckerkristalle wurden abgewaschen.

Dann holte man mich wieder ab und führte mich in den unteren Innenhof. Marianne kam fast gleichzeitig herunter und wir entspannten uns bei der ruhigen Musik. Die anderen Besucher um uns herum waren meist junge Leute, offenbar waren auch viele Touristen darunter.

Es lagen Zeitschriften in französischer Sprache herum und ich blätterte ausgiebig in einem dicken Modemagazin und später in einer Kunstzeitschrift. Auf diese Weise konnte ich gute Einblicke in das moderne Marokko bekommen, denn in den Magazinen wurden zunächst die gleichen Themen behandelt wie in den Modezeitschriften in Europa. Es wurde von Modenschauen oder Ausstellungen der weltweit bekannten Designermarken berichtet, aber es wurden auch aufstrebende marokkanische Agenturen oder Firmen dargestellt, die einen ganz eigenen interessanten Stil entwickelt hatten. Ebenso wurden kulturelle Höhepunkte angekündigt und über Veranstaltungen berichtet. Besonders wurden auch Frauen, die in Marokko als Unternehmerinnen erfolgreich waren, interviewt und ihre Verdienste und Erfolge ausführlich hervorgestellt. Daneben gab es aber auch Berichte über das Königshaus und deren internationale familiäre Kontakte, zum Beispiel zum bulgarischen Königshaus – mir war gar nicht bewusst, dass es dort jemals ein Königshaus gegeben hatte. So kam uns hier mitten in der fast mittelalterlichen Altstadt das moderne Marokko durch diese Zeitschriften sehr nahe.

Nachdem wir etwa eine dreiviertel Stunde ausgeruht hatten, holte man uns zur Massage, die in den Nebenräumen im Erdgeschoss durchgeführt wurde. Im Raum waren Kerzen aufgestellt, die große Glastür zum Innenhof wurde geschlossen und cremefarbene dünne Baumwollvorhänge wurden vorgezogen, was zusätzlich ein gedämpftes, wohliges Licht gab. Das Öl, mit dem ich bei der Massage eingerieben wurde, duftete nach Rosen und Jasmin, im Raum war vorher ein leichter Lavendelduft zu riechen gewesen. Ich legte mich bequem auf die mit großen Handtüchern bedeckte Liege und schaltete meine Gedanken ganz ab. Die Massage begann mit einem ausgiebigen Einölen und da meine Haut durch die vorherige Prozedur mit Zucker und Honig ganz samtig weich geworden war, drang das Öl leicht in die Haut ein. Dann begann die Masseurin, zunächst ganz sanft nacheinander alle Glieder vom Körperrumpf her abzustreifen. Danach wurde geknetet. Das machte sie ausgiebig mit allen Muskeln und Körperpartien und steigerte dies jeweils von leichten bis zu sehr starken Griffen. Die ganze Behandlung dauerte etwa eine Stunde. Zum Schluss spürte ich wirklich jeden Muskel an meinem Körper.

Zu unserem Wohlfühlprogramm gehörten noch Haarewaschen und Gesichtsbehandlung, dabei konnten wir uns von der tatsächlich anstrengenden Massage erholen und machten uns nach etwa drei Stunden wieder auf den Rückweg.

Ich hatte mir überlegt, dass ich mir für die Abendeinladung noch etwas Neues zum Anziehen kaufen sollte, denn mein Koffer war immer noch nicht da, und so gingen wir gleich durch die Rue Dabachi in die Souks. Ich suchte lange und fand nichts, was mir gefiel, sodass wir schließlich über den Djemaa el Fna noch in eine gepflasterte Einkaufsstraße auf der den Souks gegenüberliegenden Seite des großen Platzes gingen. Dort gab es viele unterschiedliche Läden, jedoch mit ganz anderem Flair als in den Souks, und dazwischen gab es auch Geschäfte mit moderner Kleidung. Hier war nicht so ein Gedränge und doch reges Leben. Ich wurde letztendlich in einem Laden mit indischer Importkleidung fündig und kaufte mir einen bequemen Hosenanzug aus etwas dickerem Georgettestoff in dunkler Petrolfarbe. Die Hose des Anzugs hatte leicht ausgestellte Hosenbeine, das Oberteil war im Ganzen geschnitten, hatte einen runden Halsausschnitt, der vorne in der Mitte einen Schlitz hatte, damit der Kopf beim Anziehen bequem durchkam. Das Oberteil hatte lange, auch etwas ausgestellte Ärmel mit kleinen Schlitzen an den Seiten und war etwa so lang, dass es dreißig Zentimeter über die Hüfte hinausging. Es war unten etwas ausgestellt. Um den Beinsaum, den Ärmelsaum und den Ausschnitt herum war eine breite Borte mit Kreuzstichstickerei in einem gelblich-goldenen Faden angebracht. Das gab in Verbindung mit dem petrolfarbenen Stoff ein frisches und gleichzeitig warmes Aussehen. Dazu kaufte ich mir noch einen großen, breiten, sattgelben Seidenschal.

Zufrieden machten wir uns über den Djemaa el Fna auf den Heimweg. Plötzlich liefen uns Jack und Ted, unsere englischen Freunde aus dem Hotel, über den Weg, die gerade von ihrem Tagesausflug kamen. Wir begrüßten uns freudig, berichteten gegenseitig von unserem Tag und gingen zusammen weiter.

Doch wir blieben immer wieder stehen, weil uns seit gestern Abend das Treiben auf dem Djemaa el Fna noch stärker faszinierte. An einer Stelle stand gerade eine große Menge um eine Gruppe von Schlangenbeschwörern herum. Zunächst war gar nichts Besonderes zu sehen. Vier Männer in der Mitte der Gruppe, bekleidet mit Kaftan und Turban, daneben Körbe, offenbar mit den Schlangen darinnen. Dann fing einer der Männer bedachtsam an, lange, graue, sich kaum bewegende Schlangen aus einem Korb zu nehmen. Aus einem anderen Korb nahm er Klapperschlangen und legte sie auf ein Tuch. Ein anderer von den vieren fing an, auf einer Flöte zu spielen, der Dritte auf einer kleinen Trommel. Als sie uns und einige andere Touristen entdeckten, wurden wir aufgefordert, für das Schauspiel zu bezahlen. Wir sträubten uns etwas, doch dann ließen wir uns dazu überreden, einige Dirhams als Beitrag zu geben, und sahen weiter zu. Durch die Flöte, das Trommeln und die wilden Bewegungen des Schlangenbeschwörers begannen die Schlangen unruhig zu werden, sie richteten sich langsam auf und schienen mit dem oberen Teil ihres Körpers zu tänzeln. Der Schlangenbeschwörer nahm eine Schlange hoch und wand sie sich um die Beine und um eine Hand. Ein anderer, offenbar einheimischer Zuschauer sagte uns auf Französisch, dass so Krankheiten aus den Gliedmaßen vertrieben würden. Ein weiterer Zuschauer ging zu den Schlangenbeschwörern, zahlte etwas und unser Übersetzer erklärte, dass dieser jetzt von einer Krankheit an seinen Armen geheilt werden wolle und die Schlangen die bösen Geister vertreiben sollten. Also hantierte der Schlangenbeschwörer an ihm mit den Schlangen herum und wickelte sie um die Arme des Kranken. Dazu wurden die Flöte und die Trommler immer lauter und schneller. Die Schlangen wanden sich, der Kranke machte wilde Bewegungen, bäumte sich auf, verdrehte die Augen und hielt plötzlich inne. Der Schlangenbeschwörer nahm ihm die Schlangen ab und legte sie zurück in den Korb. Der Behandelte schüttelte sich, strich an seinen Armen herunter, fiel dem Schlangenbeschwörer um den Hals und umarmte ihn dankbar. Die Menge klatschte und uns wurde übersetzt, dass er sich geheilt fühle, er habe keine Schmerzen mehr in seinen Armen. Wir blieben noch etwas stehen und unterhielten uns untereinander. Einer der Engländer, Jack, erzählte, dass er bei einem anderen Marokkobesuch in Agadir noch größere Kunststücke eines Schlangenbeschwörers gesehen habe, der hätte die Schlange noch stärker gereizt, sie immer wieder in Ekstase ganz nahe vor seinem Gesicht herumgeschwenkt und sie sogar zu verschlingen versucht. Auch wenn wir meinten, dass uns da ein kleines Schauspiel vorgemacht wurde, so war es doch spannend gewesen und wir taten es als eine interessante

Unterhaltung ab, die uns trotz aller Aufgeklärtheit magisch einbezogen hatte, und das obwohl wir andererseits nicht sicher waren, ob dies nicht eigentlich eine Quälerei für die Tiere bedeutete.

Pünktlich um acht Uhr abends schellten meine Freunde am Riad und luden mich in ihr Taxi ein. Wir fuhren aus dem nächstgelegenen Stadttor aus der Altstadt heraus und in südlicher und später westlicher Richtung um sie herum, bis wir über den Boulevard El Yarmouk im Stadtteil Hivernage ankamen. Im Taxi erzählten mir meine Bekannten, dass es öfters im Jahr Partys von einigen ihrer Freunde gebe und heute Abend eine solche Feier stattfinden würde. Dazu kämen meist Geschäftsleute verschiedenster hier in Marrakesch zusammengewürfelter Nationen und auch viele Marokkaner zusammen. Es sei Usus, an diesen Abenden nicht über Politik zu reden, nicht über Geschäfte und auch nicht nach dem Beruf zu fragen oder woher man kam. Es gehe einfach darum, sich nett zu unterhalten, zum Beispiel über Literatur, Musik, Kultur. Ich hatte meine neue Kleidung und den Schal angelegt, fühlte mich in dem leichten und bequemen Stoff und den wunderbaren Farben ausgesprochen wohl und war darauf gespannt, was mich erwartete.

Es war noch hell, als wir ankamen und vor einer großen Villa mit einem herrlichen Garten hielten. Wir wurden nett begrüßt und wie sie mich vorbereitet hatten, wurde gar nicht gefragt, wer ich sei und woher ich komme oder was ich in Marrakesch mache – meine Freunde waren die Eintrittskarte für mich. Wir gingen zunächst durch eine riesige Diele und dann durch einen weitläufigen Salon in den hinteren Teil des Gartens. Dort standen schon etliche Grüppchen von Leuten fröhlich im Gespräch zusammen. Als wir an der dritten Gruppe vorbeikamen, erkannte ich die ältere Dame vom Djemaa el Fna, die mich auch mit meinen jetzigen Begleitern bekannt gemacht hatte. Sie begrüßte mich erfreut und flüsterte mir zu: »Ich habe Sie schon erwartet, der Abend wird Ihnen sicher gefallen.« Sie bat uns, uns dazuzustellen, und uns wurde ein Aperitif gereicht. Auf einigen Tischen nah am Haus waren Vorspeisen aufgestellt und zwischendurch wurde davon eine Kleinigkeit gegessen. Es wurde meist Englisch und Französisch gesprochen, manchmal auch kurz Arabisch, aber es wurde mir schnell klar, dass dies nur wenige Gäste verstanden und die Marokkaner unter den Gästen mindestens sehr gut Französisch und meist auch Englisch sprachen. Die Gespräche gingen um Kunst, Filme, das jährliche Filmfestival und Ausstellungen in Marrakesch. Es wurde auch über klassische Musik und das letzte Popkonzert, das im El-Badi-Palast aufgeführt worden war, geredet. Auch wenn die ganze internationale Kunstszene Thema war, so kam das Gespräch doch immer wieder auf Marrakesch zurück. Es kam mir so vor, als ob Marrakesch als Oberthema über diesem Abend stand.

Als es dunkel wurde, wurden im Garten Windlichter aufgestellt und auch die Villa erstrahlte durch Halogenscheinwerfer in einem leichten rosa Licht. Ich ging mit meiner Bekannten, die mich nach unserem Zusammentreffen schon den ganzen Abend begleitet und mit vielen Leuten ins Gespräch gebracht hatte, ins Haus. Wir durchstreiften etliche Räume, die modern und zurückhaltend und nicht übertrieben durchgestylt eingerichtet waren. Im Salon waren große Rosensträuße zur Dekoration drapiert, in der Diele standen große Vasen mit weißen Amaryllis. Die Räume waren unterschiedlich farbig auf geheimnisvolle Weise mit Halogenlampen ausgeleuchtet. Ein Zimmer war in hellem Blau gehalten, ein anderes in Gelb, ein weiteres in Grün und so weiter. Auch waren in den Räumen unterschiedliche Düfte versprüht worden, es roch nach Vanille oder Zimt, der violett ausgeleuchtete Raum roch nach Lavendel, der blau ausgeleuchtete nach Veilchen, im rot ausgeleuchteten Salon roch es nach Rosen und so fort. Überall war dezente Musik zu hören, von Klassik über Blues, Jazz und Swing bis zu Pop und arabischer Musik. So war in jedem Raum eine andere Atmosphäre, die mit allen Sinnen aufzunehmen war.

Wir wanderten von Raum zu Raum und machten immer wieder Smalltalk mit anderen Gästen. So wurde in einer Gruppe darüber gesprochen, dass es im Jardin Majorelle, der im Stadtteil Gueliz nicht weit von der Villa entfernt lag, einige neue Pflanzungen gebe und dies die Blütenpracht dort noch vergrößert habe. Es wurde über die nächsten Picknicks in den Palmeraien gesprochen, die wohl alljährlich ein großes Ereignis waren und Tausende Marrakeschis in die alten Palmenplantagen zum Feiern zogen. Als es hieß, es sei nebenan schon seit einiger Zeit weiteres Essen bereitgestellt worden, gingen wir dorthin. In der großen Küche stand in der Mitte ein großer Tisch aus massivem Holz, darauf viele hohe Teller, Dutzende Löffel und etliche große Körbe mit Fladenbrot. Auf einem großen Herd stand ein riesiger Topf mit einem herrlich duftenden Eintopf. Auch dieser Raum war gemütlich beleuchtet, nur die Lichtleisten an den Oberschränken und am Dunstabzug waren angeschaltet, sodass die gesamte Atmosphäre der Feier nicht durch ein grelles Licht gestört wurde. Wie ich dann erfuhr, war es ein marokkanischer Eintopf, der da zum Essen bereit stand. Er war aus Lammfleisch mit Zwiebeln, Datteln, Oliven, Feigen und Rosinen und mit Zimt und Anis gewürzt. Durch diese Zusammenstellung schmeckte er sowohl süß als auch salzig-würzig, je nachdem, welche Zutat gerade auf der Zunge zerging. Jeder Gast nahm sich selbst einen Teller, Fladenbrot und eine Kelle Eintopf und stellte sich zum Essen in die Küche oder ins angrenzende Esszimmer. Einige und so auch ich nahmen noch ein zweites Mal, weil es so gut schmeckte.

Nach dem Eintopf wurde noch etwas Rotwein gereicht, der zwar eigentlich zum Essen gehört hätte, aber mit zwei Händen war eben neben dem Teller und dem Löffel nicht auch noch ein Weinglas zu halten. Die Unterhaltungen gingen nach dem Essen weiter und in einem großen Raum begann man auch zu tanzen. Die Stimmung wurde ausgelassener. Ich kann mich gar nicht mehr erinnern, wie es anfing, jedenfalls versammelten sich nach und nach immer mehr Gäste im Salon und einige fingen an, wie in einem Singsang aufzuzählen, was Marrakesch für sie war. Daraus entwickelte sich so etwas wie ein Spiel und alle stellten sich nun in mehreren Reihen hintereinander im Kreis auf. Einer oder eine der Gäste trat aus dem Kreis in die Mitte hervor und besang in immer gleicher Melodie die Vorzüge von Marrakesch, mal als ein Wort, mal als Satz. Ich kann mich noch erinnern an: »Marrakesch – Oase in der Wüste, Marrakesch – offenes Tor zur Wüste, Marrakesch – Stadt der Dichter, Marrakesch – rote Stadt, Marrakesch – Stadt der sieben Heiligen, Marrakesch – Stadt der Almoraviden, der Almohaden und der Saadier, Marrakesch – Zierde des Sultans Youssouf ben Tachfine, Marrakesch – Stadt der Ruhe, Marrakesch – Stadt der Orangenbäume, Marrakesch – Stadt der Jacarandabäume, Marrakesch – Stadt, die der Schirokko in glühende Hitze taucht, Marrakesch – Stadt der Rosen, Marrakesch – Stadt der Palmen, Marrakesch – Stadt mit dem berühmten Hotel Mammounia.« Nach jedem Satz stimmte die ganze Menge den Refrain »Ma-, Marraa-, Marrakesch« an und klatschte in die Hände. Das ging eine ganze Zeit so, die Stimmung wurde immer andächtiger und gleichzeitig ausgelassen und steigerte sich. Dieses Spiel dauerte sehr lange, keiner konnte aufhören, es war wie in einer Ekstase, bis irgendwann niemandem mehr etwas zu Marrakesch einfiel und so nur immer wieder »Ma-, Marra-, Marrakesch« gesungen wurde. Endlich ging einigen zunehmend die Energie und die Luft aus, der Gesang wurde langsamer und leiser, schwoll dann doch ein paarmal wieder an und verstummte schließlich ganz. Einige gingen dann leise aus dem Raum, wir anderen standen noch etliche Minuten ruhig nebeneinander, denn irgendein oberflächliches Gespräch oder Geschwätz anzufangen, passte einfach nicht. Das spürten offenbar alle so wie ich.

André und Simone hatten bei der Hinfahrt mit mir vereinbart, dass wir uns ein Zeichen geben würden, wenn wir aufbrechen wollten, denn sie hatten darauf bestanden, dass sie mich auch wieder nach Hause bringen würden. Sie wollten mich wohl nicht allein im Taxi fahren lassen. Ich sah ihr dezentes Zeichen, verabschiedete mich mit einer kleinen Umarmung von meiner Bekannten und ging zum Ausgang. Vor dem Gartenzaun wartete schon ein Taxi und wir stiegen noch ganz aufgewühlt von unseren Gefühlen ein. Die Villa war immer noch geheimnisvoll beleuchtet und ich schaute zum Abschied wehmütig zurück.

Im Hinausgehen hatte ich im Garten noch den Duft eines Muskelibaumes aufgefangen, der nur nachts sein feines intensives Aroma versprüht. Im Innenhof meines Hotels stand auch so ein Baum und jedes Mal, wenn ich in der Dunkelheit zurückkam, erfreute ich mich an diesem Duft. Der steckte mir noch im Auto in der Nase. Der Taxifahrer fuhr diesmal über die Avenue Mohammed V in die Altstadt und über die etwas breiteren Straßen im Süden der Medina zu den Straßen, die zunächst im Inneren an der Stadtmauer entlangführten, um dann um viele Ecken herum an der Straße vor der Gasse zu meinem Hotel zu halten. Während der ganzen Fahrt hatten wir nicht geredet, denn wir waren alle drei durch die letzten Stunden des Abends noch ergriffen. Ich erzählte nur, dass ich mich für die Veranstaltung, die am nächsten Abend im El-Badi-Palast stattfinden sollte, eingetragen hätte und dort teilnehmen wollte. Bei der Party hatte ich mich lange mit zwei Marokkanerinnen unterhalten, die mir von diesem Fest erzählten, und wir verabredeten uns dort für den nächsten Abend. Ich wurde von den Freunden noch bis zum Riad gebracht und wir verabschiedeten uns herzlich. Ich bedankte mich sehr für die Einladung, denn so viele nette Leute hätte ich sonst nie als Touristin kennengelernt, und André und Simone freuten sich sehr über meine Dankbarkeit. Der Hausangestellte, der die Nachtwache hielt, hatte auch heute Abend auf mich gewartet, denn ich war wieder die letzte Ausflüglerin. Er musste mich langsam für eine richtige Nachteule halten. Diesmal ging ich schnell zu Bett und schlief auch bald mit der Melodie »Ma-, Marra-,

Marrakesch« im Sinn ein und fühlte mich, als würde ich schon immer dazugehören.

Grenzen überschreiten

Am vierten Morgen konnte ich mich aufraffen, morgens zu schwimmen, denn durch das Morgengebet des Muezzins vor fünf Uhr morgens war ich aufgewacht und danach nicht mehr richtig eingeschlafen. Nachdem ich die letzten Tage und Nächte in einem Rausch der Sinne und Erlebnisse verbracht hatte, war ich morgens im Bett ins Grübeln geraten. Das, was seit meiner Ankunft in Marrakesch auf mich eingestürmt war, ging ich alles noch mal in Gedanken durch und fragte mich, was davon mein ganz eigenes Geheimnis und der für mich eigene Reiz sein könnte, der mir von der Wahrsagerin angekündigt worden war. Ich kam zu keinem Schluss. So neu und fremdartig, gleichzeitig interessant und beeindruckend der kleine Kosmos dieser Stadt für mich war, so war es trotzdem nicht das ganz eigene Besondere, das mir meine geheimnisvolle Bekannte ans Herz gelegt hatte. War ich in der Nacht auf dem Djemaa el Fna von den Vorhersagen der alten Frau beeindruckt worden, so wischte ich das alles jetzt wieder weg, belächelte mich aus einer rationalen Einsicht heraus und ermahnte mich, keine Zeit mit dem Nachdenken über solchen Hokuspokus zu verschwenden.

Das Schwimmen war angenehm, durch eine Gegenstromanlage konnte die Anstrengung etwas verstärkt werden und dadurch schien das Becken länger, als es in Wirklichkeit war. Nach einer Stunde intensiven Schwimmens duschte ich ausgiebig und ging mit Marianne zum Frühstück auf den Dachgarten. Etwas vorsichtig wollte ich ihr beibringen, dass ich mir für den Abend schon wieder allein etwas vorgenommen hatte. Doch meine Gewissensbisse, weil ich in unserem gemeinsamen Urlaub die meisten Abende mit anderen Leuten als meiner Freundin verbrachte, verflogen schnell, als sie mir etwas verschämt erzählte, dass sie sich in Jack, einen der Engländer, verliebt hatte. So war sie ganz froh, dass ich abends meiner Wege ging und sie Zeit für ihn hatte. Tagsüber waren Jack und Ted mit Golfspielen oder Touren in die Umgebung beschäftigt, sodass Marianne und ich noch genügend Gelegenheit haben würden, etwas gemeinsam zu unternehmen.

An diesem Tag gingen wir ins Gerber- und Färberviertel. Das liegt im Osten der Medina, und dazu mussten wir wieder durch ein Gewirr von Gassen laufen. Auch dort bot sich uns das schon gewohnte Bild: Menschengewühl in den Gassen, kleine Geschäfte, Handwerksbetriebe, kleine Moscheen, alte hohe, fensterlose Lehmhäuser. In einem Hinterhof wurden Fahrräder und Mopeds repariert, in einem anderen Autos, denn dort am Rande der Altstadt konnten noch Autos fahren. Später sahen wir in dem Gewühl immer mehr Touristen, auch etliche Reisegruppen mit Reiseführern. Wir wurden immer wieder von Jugendlichen angesprochen, die uns anboten, uns auf den Platz – den Djemaa el Fna – oder ins Gerberviertel zu führen. Nur mit Mühe konnten wir sie abschütteln, denn wir wollten nicht in irgendeinem Teppichgeschäft landen, wo uns womöglich übeteuerte Ware angedreht werden würde oder wo wir uns gegen aufdringliche Kaufofferten der Händler hätten wehren müssen.

Als wir das Gerberviertel und dann das Färberviertel erreicht hatten, wurde uns klar, warum diese Orte solche Touristenmagneten waren und es sich für die Jungs trotz der Zurückhaltung vieler Besucher wie uns lohnte, hier nach Käufern Ausschau zu halten, die leicht übers Ohr zu hauen waren. Denn es bot sich ein Bild von fast altertümlicher Szenerie.

In großen, mit Steinen ausgemauerten, dicht nebeneinander aufgereihten Erdkuhlen wurden in einer entsetzlich stinkenden Brühe Unmengen von Lederstücken unter freiem Himmel gegerbt. So wurde wahrscheinlich schon seit Jahrhunderten gearbeitet und wir hatten davon vielleicht einmal in Romanen oder Dokumentationen über das Mittelalter gelesen. Meist junge Männer in heller, verschmutzter Arbeitskleidung stampften barfuß in der Brühe herum. Die Beine und die Arme waren bis hoch zum Körper von der weißlichen Brühe aus den Bottichen überzogen. Durch das Stampfen drückten sie die Tierhäute in die Gerbbrühe. Daneben rührten andere mit langen Stangen in den Kuhlen herum. Am Rande des Geländes wurde das gegerbte Leder in langen Reihen zum Trocknen aufgehängt. Dahinter wurde es in Hütten weiterbearbeitet oder lag in großen Stapeln. Auch hier herrschte emsige Betriebsamkeit, dazwischen streunten ausgemergelte Hunde und Katzen herum. Die Arbeiter ließen sich durch die Touristen, die herumstanden, einige sich die Nase zuhaltend, andere fotografierend, nicht im Arbeitsablauf stören. Nur wenn mal ein Zuschauer zu nahe an die Steinkuhlen herankam, scheuchten sie ihn weg.

Durch den beißenden Gestank der noch ungegerbten Häute mit den verwesenden Fleischfetzen daran und der

Brühe – wir wollten uns gar nicht vorstellen, was das war – hielten wir es nicht lange dort aus. Wir gingen schnell weiter und der Gedanke, dass die Gerber dort tagein, tagaus diese offensichtliche Knochenarbeit leisten mussten, ließen uns erschauern. Die Arbeit im Färberviertel war sicher auch sehr hart und möglicherweise auch gesundheitsschädlich, doch hier bot sich uns ein farbenfroheres Bild. In riesigen Bottichen, die dicht nebeneinander auf einem kleinen Platz aufgereiht waren, wurden in unterschiedlichen Flüssigkeiten Wolle, Textilien und Leder gefärbt, bevor diese zum Trocknen in langen Reihen aufgehängt wurden. Die Farben waren grell und von Rot, Gelb, Grün bis Blau waren alle Farbnuancen und Schattierungen dabei. Junge und alte Männer arbeiteten hier. Große Mengen von ungefärbten Teilen wurden in die unterschiedlichen Bottiche mit großen Stangen oder mit bloßen Händen hineingedrückt und hin und her bewegt, damit sich die Stoffe gut mit der Farbe durchtränkten. Einige Arbeiter stapften auch mit den Füßen darin herum. So war die Arbeitskleidung und die Haut der Arbeiter über und über mit Farbe überzogen. Wir konnten uns kaum ausmalen, wie sie das jemals wieder abwaschen konnten.

Auch hier herrschte große Betriebsamkeit und viele Kinder liefen herum. Rund um den Platz in den Häusern und Hinterhöfen wurden die getrockneten gefärbten Textilien und die Wolle weiterverarbeitet. In einem Hof waren riesige Ballen mit Wolle in den unterschiedlichsten Farben zu sehen. Dort war ein ständiges Hinein- und Hinausgehen von Leuten zu beobachten, wohl von Händlern oder Teppichherstellern, die die Wolle begutachteten und um den Preis handelten. Dazwischen wurde verpackte Wolle in kleine

Transporter eingeladen. In den Häusern waren Stoffballen von unterschiedlichen Farben und Größen bis an die Decke aufgetürmt. Es war wie eine riesige Farbtabelle anzusehen.

Auch hier in den Häusern des Färberquartiers waren Frauen mit dem Vermessen und Zuschneiden von Stoffen beschäftigt. Wir konnten uns an der Buntheit gar nicht satt genug sehen, denn in den durchgehend lehmfarbenen Altstadtvierteln wirkte diese Gegend wie ein großer hervorstechender Farbtupfer.

Nach langem Umhergehen machten wir uns auf den Weg zu unserem nächsten Ziel, dem Stadtteil Gueliz mit dem Jardin Majorelle. Dazu mussten wir die Medina in westlicher Richtung einmal fast ganz durchqueren. Nach einer kurzen Wegstrecke stießen wir auf eine große Baustelle. Von einem Gelände mit einem hohen Zaun aus Wellblech, das sicher mehrere ehemalige Häuserblocks umfasste, wurde in einer langen Reihe Bauschutt mit Eselskarren abgefahren. Da musste jemand ein ganzes Viertel der Altstadt aufgekauft haben. Als wir das Bauschild entdeckten, stand dort neben der arabischen Schrift auf Französisch, dass hier ein »Kreativzentrum« entstehen solle. Was immer das auch werden sollte – wir fragten uns, ob das in die Altstadt passen würde.

Dann kamen wir wieder an der Medersa und der Moschee Ben Youssef vorbei, die wir schon beim ersten Stadtrundgang gesehen hatten, und passierten durch das Bab Mousoufa die Stadtmauer. Dort waren wir richtig froh, endlich in einer europäisch wirkenden Umgebung angekommen zu sein. Denn nach dem langen Weg durch das Menschengewühl der Altstadt, dem Drängeln der Moped- und Fahrradfahrer, den Reihen von Eselskarren, dem Lärm und dem Staub ging uns das alles so auf den Nerv, dass wir nur noch Ruhe wollten.

Gueliz ist ein in der Zeit des französischen Protektorats entstandener Stadtteil, durch den breite, von Bäumen gesäumte Avenues führen. Dort gibt es moderne Geschäfte, Arztpraxen, Rechtsanwaltskanzleien, Unternehmenssitze, Restaurants, Bistros, Reisebüros und Hotels und in den Seitenstraßen Wohnviertel mit fünf- bis achtstöckigen Wohnblocks. Auch in diesen Straßen findet man viele Geschäfte und kleine Lokale. Es wird dort viel gebaut – Häuser wurden saniert oder umgebaut, an einzelnen Stellen auch ganz neu hochgezogen. In der Nähe der Umsteigestation für die Sightseeing-Busse fanden wir ein ansprechendes Restaurant mit Dachgarten, auf dem große Sonnenschirme vor der Mittagshitze schützen. Wir ließen uns auf bequeme Korbstühle fallen und ruhten uns erst einmal aus. Dann nahmen wir einen kleinen Imbiss zu uns. Beim Essen riefen Marianne und ich uns wieder ins Gedächtnis, was wir in den vergangenen Tagen schon alles gesehen hatten, und ich sagte zum Schluss zu ihr: »Wie ich unsere Hausherrin im Riad auch darum beneide, in einer so exotischen und beeindruckenden Stadt mit diesem warmen Klima zu leben, so bin ich doch froh, in ein paar Tagen wieder abreisen zu können. Heute ist mir das orientalische Leben irgendwie zu viel, ich glaube, ich könnte das nicht auf Dauer ertragen.« Marianne meinte dann, dass ich wohl nur so was wie einen Urlaubs- oder Marrakeschkoller hätte und dass sich das nach unserer Verschnaufpause wieder ändern würde. So war es dann tatsächlich.

Nach einer Stunde Entspannung unter den Sonnenschirmen des Restaurants machten wir uns auf in den Jardin Majorelle, der zu Fuß leicht zu erreichen war. Dort kamen wir dann wieder aus dem Staunen und der Entzückung nicht heraus. Der Jardin Majorelle ist der öffentlich zugängliche Teil des Gartens von Yves Saint Laurent, der in Marrakesch ein großes Stadthaus besaß. Den Garten durchqueren kleine weiße Kieswege oder mit roten Ziegeln gepflasterte und mit blauen Mauern begrenzte Wege, kleine Wasserläufe in blau gestrichenen Steinrinnen und kleine Alleen mit Bougainvilleen oder anderen Kletterpflanzen bewachsene Laubengänge. Verstreut stehen kleine, blaue Brunnen zwischen dem Grün. An ruhigen Stellen zwischen den Pflanzen des Gartens oder abgegrenzt durch runde, im typischen marrokanischen Altrosa gestrichene Mauern stehen malerische Parkbänke, und versteckt, doch dann strahlend durch das Dickicht, sah man ein leuchtend blau angestrichenes Steinhaus.

Der Garten hat eine unbeschreibliche Fülle an Pflanzen; riesige Dattelpalmen ragen in den Himmel, darunter niedrige Phönixpalmen, in den Beeten leuchten Blumen in allen nur erdenklichen Farben zwischen Gräsern und Sträuchern; Efeu rankt sich an Bäumen oder Mauern hoch, Trompetenblumen, Kletterhortensien und Kletterrosen wetteifern um das durch die Baumkronen hereinfallende Sonnenlicht. Unzählige Pflanzentröge, zum Teil in gelber oder blauer Farbe oder naturbelassen, in glasierter Keramik oder in Ton ergänzen mit prächtigen Geranien und Hibiskus die Artenvielfalt. Es duftet und riecht unterscheidbar nach Orangen- oder Oleanderbäumen, nach Lavendel, Jasmin und auch mal nach Eukalyptus. An anderen Stellen gibt es ein großes Beet mit Sand, über und über mit großen und kleinen Kakteen bepflanzt. In den Bäumen sitzen zwitschernde Vögel, zwischen den Pflanzen flattern Schmetterlinge und Libellen. Wir konnten uns gar nicht sattsehen und durchstreiften dieses Paradies nach allen Seiten und in alle Winkel. In einer kleinen Beschreibung konnten wir lesen, dass der in den zwanziger Jahren von dem Maler Jacques Majorelle angelegte Garten, der Pflanzen aus allen fünf Kontinenten beherbergte, Jahre nach dessen Tod verwilderte, bevor Yves Saint-Laurent ihn sanieren ließ und rekultivierte. Aus Freude über die dort neu entstandene Pflanzenfülle und in Fortführung der schon von Majorelle einstmals eingeführten Praxis entschloss sich Saint-Laurent dann, einen Teil des Gartens wieder für Besucher zugänglich zu machen. Ganz verstohlen, mit Bewunderung und auch ein bisschen Anerkennung für die Pracht, die hier geschaffen worden war, schauten wir auf das hinter der Gartenmauer stehende dazugehörige Wohnhaus.

Von unserem Aufenthalt im Jardin Majorelle waren wir nach unserem Durchhänger am Mittag wieder so aufgebaut, dass wir noch einige Straßen weiter zu dem bekannten Ledergeschäft »Birkenmeyer« gingen, das uns als Shoppinggelegenheit empfohlen worden war, weil es dort günstige Lederwaren »Made in Marokko« gebe und hier Designermarken wie Burberry Produkte mit leichten Mängeln günstig verkaufen ließen. Der mittelgroße Laden lag in einer Seitenstraße von der Avenue Mohamed V, die Beleuchtung war nicht besonders gut und der ganze Laden war vollgestopft mit Waren. Da gerade eine größere Gruppe Touristen kurz vor uns dort eingefallen war, wirkten die Verkäuferinnen ziemlich nervös und unfreundlich.

Wir stöberten eine Weile im Laden herum und fanden auch drei Kleidungsstücke, die uns passten und gegenüber den Preisen bei uns zu Hause wirklich sehr günstig zu kaufen waren.

Nach dem kleinen Einkauf auf dem Weg zur Bushaltestelle für den Stadtbus, den wir bei dieser Gelegenheit auch einmal ausprobieren wollten, schauten wir noch in einen kleinen, sehr fein aufgemachten Laden hinein, in dem es hausgemachte Pralinen gab. Die Pralinen waren malerisch drapiert und die sehr freundlichen Verkäuferinnen ließen uns zunächst von einigen Sorten kosten. Zum Schluss hatten wir uns davon so verführen lassen, dass wir ein ganzes Paket Pralinen kauften.

Auf dem Weg zur Bushaltestelle lag noch ein hochmodern und penibel sauberer Metzgerladen. Im Vergleich mit den Verkaufsständen in den Souks und der Medina und besonders dem riesigen offenen Fleischmarkt am südlichen Ende des Djemaa el Fna, in den wir vor Tagen mehr neugierig als interessiert hineingesehen hatten und in dem abgezogene Tierhälften offen herumhingen oder -lagen, war dieser Laden richtig einladend. So hatten wir an diesem Tag wieder die beiden so unterschiedlichen Welten von Marrakesch erlebt – die Altstadt, in der die Zeit fast seit Jahrhunderten stehen geblieben zu sein schien, und die neue Welt, die an Modernität und Exklusivität mit europäischen Weltstädten durchaus mithalten kann.

Mit dem überfüllten Stadtbus fuhren wir bis zur Koutoubia-Moschee und liefen dann über den Djemaa el Fna zu unserem Riad, denn es gab keinen schnelleren Weg zurück.

Und weil wir es uns schon fast angewöhnt hatten, nahmen wir auf der Dachterrasse des »Café de France« noch einen Thé à la menthe und genossen die rötliche Abendsonne, so selbstverständlich, als gehörte das schon immer zu uns.

Als wir dann im Riad ankamen, hatte ich gar nicht mehr so viel Muße, denn ich musste mich für meine Verabredung am Abend noch vom Staub unserer Stadterkundung befreien und umziehen. Marianne wurde von Jack erwartet und verschwand schnell mit ihm auf die Dachterrasse.

Für zwanzig Uhr hatte ich mir ein Taxi bestellt, mit dem ich zum Badi-Palais fuhr. Dieses Palais ist die Ruine eines Palastes aus dem 16. Jahrhundert, mit riesigen Ausmaßen. Von den Gebäuden stehen fast nur noch die Außenmauern, lediglich am südlichen und im halben östlichen Teil sind noch einige Räume erhalten und überdacht, bei den Tagesbesichtigungen sind diese jedoch nicht zugänglich. Über eine Treppe links vom Eingang ist es möglich, auf die oberste Ebene des halb verfallenen Gebäudes zu gelangen und so einen guten Überblick über die Großzügigkeit der Anlage zu bekommen, das hatten wir uns vor Tagen bereits angesehen. Von dem diesem gesamten Komplex vorgelagerten Place des Ferblantier aus geht ein Weg zwischen den hohen ockerfarbenen Lehmmauern des Palastes zum Eingang. Auf den Mauern haben viele Störche ihre Nester aufgebaut. An diesem Abend war der Weg mit Fackeln gesäumt und viele Gäste strömten so wie ich zum Tor. Mit den Störchen auf der Mauer, von denen hauptsächlich die über den Mauerrand hinausragenden Nester zu sehen waren, wirkte alles irgendwie magisch. Bei unserer Besichtigung des Palastes in der Mittagssonne bei unserer Stadtrundfahrt hatte das alles eher morbid gewirkt; an diesem Abend strömte das Gemäuer eine ganz andere, geheimnisvolle Atmosphäre aus. Hinter dem Eingang wurde ich schon von meinen beiden neuen marokkanischen Freundinnen erwartet.

Das gesamte Innere des Palastes war kaum wiederzuerkennen. In kleinen Mauerlöchern, die die gesamte Außenmauer durchzogen, standen große brennende Windlichter, deren Schein das Ocker der Wände in einem sehr warmen Ton erstrahlen ließ. Im Inneren des Geländes waren die etwa zwanzig riesigen Becken, in denen zum Teil Orangenbäume wuchsen oder Wasser stand, dekorativ herausgeputzt. Am Rand und zwischen den Orangenbäumen standen große brennende Fackeln und auf dem Wasser, das bis zum Beckenrand hoch stand, schwammen riesige Glasschalen, in denen Öllichter brannten, dazwischen sprühten kleine Fontänen das Wasser immer wieder malerisch in die Luft. Als wir den Palast vor zwei Tagen besichtigt hatten, waren die Wasserbecken nur mit wenig Wasser befüllt gewesen – und nun diese malerische Pracht. Entlang der Außenwände waren auf den Steinfußböden weiße Baldachine aufgestellt, darunter standen mit weißen Decken und weißem Geschirr dekorierte Tische, auf denen ebenfalls Öllichter brannten. Wir wurden durch diese malerische Atmosphäre zu unserem Tisch geführt.

Auf dem Weg dorthin begegnete uns wieder meine Bekannte vom ersten Tag auf dem Djemaa el Fna. Sie begrüßte mich und flüsterte mir zu, dass sie mich wie immer schon erwartet habe und dass ich diesen Abend ganz besonders genießen solle.

Unter unserem Baldachin war insgesamt für etwa zwanzig Personen Platz, ich saß mit den beiden Marokkanerinnen, ihre Namen waren Sfia und Fatima, an einem Tisch, der nur für uns drei Personen gedeckt war. Von unserem Platz aus hatten wir eine gute Sicht über das Gelände und ich konnte erkennen, dass die Räume im südlichen Teil, die früher die Gemächer der Lieblingsfrau des Sultans gewesen sein sollen, an diesem Abend geöffnet waren und offenbar für die Gastronomie genutzt wurden. Links davon war eine kleine Bühne aufgebaut, auf der wohl das Musikprogramm dargeboten werden sollte. Die Veranstaltung war angekündigt als »Lalla- und Couscous-Fest« mit orientalischer Musik von marokkanischen Künstlern und Gnawa-Musik. Von Fatima wurde mir erklärt, dass zuerst eine der bekanntesten marokkanischen Gruppen spielen würde, die Popmusik mit orientalischem Einschlag machen, und diese Veranstaltung auch deshalb so ein Anziehungspunkt sei. Nach dem Essen komme dann eine Gruppe von Gnawa-Musikern, die ausschließlich aus schwarzen Musikern bestehe. Der Legende nach seien das ursprünglich Musiker aus dem Sudan gewesen, die auf dem Weg nach Norden in ihrer Lieblingsstadt in Marokko – Marrakesch – geblieben seien. Zu den bezaubernden, unwiderstehlichen Trommeln und Liedern der Gnawa-Musiker würden dann die Frauen wie wild zu tanzen anfangen. »Lalla« heißt im Marokkanischen so viel wie »Damen«, »Frauen« oder »Prinzessinnen« und sie werden auch mit dieser Bezeichnung angeredet. Als ich mich genauer umsah, bemerkte ich, dass die Gäste ausschließlich weiblich waren. Das machte mich natürlich besonders neugierig.

Wir nahmen erst mal einen kühlen, frisch gepressten Orangensaft und schlenderten dann etwas herum. Meine

Bekannten blieben an etlichen anderen Tischen oder bei Grüppchen, die sich zwischen den Tischen oder vor der Bühne gebildet hatten, stehen und unterhielten sich mit anderen Frauen. Die Stimmung war fröhlich und entspannt und es wurde viel gescherzt und gelacht. Es war interessant für mich, auch wenn ich nur etwas verstand, wenn sich in Französisch unterhalten wurde. Als wir am Gastronomiebereich vorbeikamen, konnte ich sehen, dass in riesigen hohen Pfannen Couscous zubereitet wurde, und es roch verführerisch nach Safran und Kreuzkümmel und anderen würzigen Zutaten.

Nach einer Weile des ungezwungenen Plauderns wurden alle von der Bühne her aufgefordert, an ihren Tischen Platz zu nehmen, denn das Essen sollte aufgetragen werden. Kurz danach fing auch die Musik an zu spielen. Wie auf Kommando schwärmten viele junge Frauen in hellen, naturfarbenen Leinenhosenanzügen mit großen, blau glasierten Keramikschüsseln, hoch gefüllt mit Couscous, zu den Tischen aus. Es gab jeweils ein Couscous mit Fleisch und eines mit vegetarischen Beilagen, dazu wurden eine entsprechende Soße und ein Salat aus Tomaten, Gurken, Zwiebeln und Avocados gereicht. Alles schmeckte köstlich und die Luft war angefüllt von dem Duft dieses wunderbaren Essens. Das Couscous wurde ohne Besteck gegessen und meine Begleiterinnen erzählten mir, dass dies traditionell so sei, weshalb die Finger vor dem Essen auch in kleinen Wasserschälchen gereinigt und mit Tüchern abgetrocknet werden. Zum Essen wird der Grieß mit drei Fingern der rechten Hand zu einem Bällchen geformt, das, in die Soße getunkt, etwas Fleisch oder Gemüse mit aufnimmt, bevor es in den Mund geschoben wird. Wir ließen uns viel Zeit für das Essen und ich versuchte bei der Unterhaltung während des Mahls von den beiden Bekannten möglichst viel über ihr Leben und überhaupt von Marokko zu erfahren.

Die beiden Frauen waren Ende zwanzig, seit Langem gut befreundet, hatten als Töchter aus begüterten Familien eine Universitätsausbildung – zum Teil in Frankreich und Großbritannien – und führten ein selbstständiges und beruflich erfolgreiches Leben. Sfia hatte ein kleines Design- und Modeunternehmen und war gerade dabei, ihre Produkte auch über Marokko hinaus in Frankreich und Spanien zu vertreiben. Fatima war in der IT-Branche als Produktentwicklerin tätig und arbeitete bei der Niederlassung einer internationalen Softwarefirma im Management. Sie erzählten mir, dass ihnen zwar wie allen Marokkanerinnen Familie sehr wichtig sei und sie auch enge Bande zu ihren Familien pflegen würden, dass sie aber nur bereit wären zu heiraten, wenn sie Männer finden würden, die ihre Berufstätigkeit und Selbstständigkeit achten und anerkennen würden und bei denen sie sicher seien, dass sie sich nicht auf ihre Kosten ausruhen würden oder gar gewalttätig seien, wie das leider immer noch oft vorkomme.

Ich fragte sie, ob mein Eindruck richtig sei, dass nach der Loslösung Marokkos vom französischen Protektorat Ende der fünfziger Jahre auch so eine Aufbruchstimmung wie zurzeit im Land geherrscht habe, aber dass dann doch nicht viel geschehen sei. Sie bestätigten das, doch sie meinten, dass das junge Königspaar sehr viel nachhaltiger und konsequenter vorgehe. So berichteten sie, ein ganz wichtiges Zeichen sei gewesen, dass der junge König Mohammed

VI., als er sein Amt nach dem Tod seines Vaters Hassan
II. im Jahr 1999 antrat, als eine seiner ersten Amtshand-
lungen im Palast aufgeräumt habe. Er löste den Harem
seines Vaters auf, in dem neben seiner Mutter etwa zwanzig weitere Frauen und sogar noch ein paar Konkubinen
seines Großvaters gelebt haben sollen. Außerdem befahl er
seiner Autokolonne, ganz untypisch für Monarchen, fortan
an roten Ampeln anzuhalten! In seiner ersten Thronrede
versprach er, mit einer aktiven Sozialpolitik zu regieren.
Und, so berichteten sie weiter, er würde auch tatsächlich sehr viel vorantreiben, wie die Alphabetisierung, die
Schaffung von Arbeitsplätzen und die Durchführung von
Reformen. Er feuerte bald nach seinem Amtsantritt den
mächtigen Innenminister, der fast ein Vierteljahrhundert
Polizei, Geheimdienst und die Medien kontrolliert hatte,
forderte im Ausland lebende Oppositionelle zur Rückkehr
nach Marokko auf und setzte eine Kommission für Gleich-
heit und Versöhnung ein, die die Opfer von politischer
Unterdrückung und Folter entschädigen soll, und in den
Polizeischulen würden nun Menschenrechte unterrichtet.

Die wichtigste Reform für die Frauen in Marokko sei jedoch die rechtliche Gleichstellung von Frauen und Männern im Jahr 2003 gewesen. Hier habe der König sehr
geschickt agiert und auch die konservativen Männer im
Parlament für sein Vorhaben gewinnen können. Mit dem
gesetzlich festgelegten »Familienkodex« wurde die Erhö-
hung des Heiratsalters auf achtzehn Jahre festgelegt und
strikte Auflagen für die Vielehe erlassen. Die Frauen er-
hielten Schutz vor häuslicher Gewalt und ein Recht auf
Unterhalt nach einer Scheidung, samt der Aufteilung des
Sorgerechts. »Marokkos Zukunft liegt in den Händen der

Frau«, sagte Mohammed VI. damals, erzählten sie stolz, und Marokko habe seitdem das fortschrittlichste Frauenrecht der muslimischen Welt. Sicher brauche es noch einige Zeit, bis dieses Recht auch im alltäglichen Leben wirklich umgesetzt sei, doch seitdem habe sich die marokkanische Gesellschaft gewandelt. So wie sie selbst arbeiteten in den Läden, den Hotels und in der Verwaltung immer mehr Frauen, statt sich zu Hause nur um Mann und Haushalt zu kümmern. Inzwischen seien ein Drittel der Ärzte, ein Fünftel der Ingenieure und ein Viertel der Professoren Frauen, sie nähmen sich die Freiheit, selbst ein kleines Auto zu besitzen, und hätten durch ihre Arbeit auch das Geld dafür.

Auch in seinem eigenen Leben strahle der König Modernität aus. Er heiratete 2002 die Informatikerin Salma Bennani, die ihr rot gefärbtes Haar nicht unter einem Schleier verbirgt, sondern es meist offen trägt. Das Königspaar hat inzwischen einen Sohn und eine kleine Tochter, deren Geburt von den Marokkanern mit Begeisterung gefeiert wurde. In der jüngeren Generation sei er ein Star, sie würden ihn liebevoll »M6« nennen. Er zeige sich in der Öffentlichkeit gerne mit Designer-Sonnenbrille, fahre einen Sportwagen und Jetski; er lade Musiker, die zu den Idolen junger Marokkaner zählten, zu Privatkonzerten in seinen Palast und dieses Auftreten und Verhalten würde durchaus große Bewunderung bekommen. Trotz allem seien Armut und mangelnde Infrastruktur weiterhin die größten Probleme: Jeder fünfte Marokkaner lebe von weniger als einem Euro pro Tag, nur etwa vierzig Prozent der Bevölkerung seien mit sauberem Trinkwasser versorgt. Zudem habe das Land mit Terrorismus, Rauschgifthandel und illegaler Einwanderung zu kämpfen. Doch in den letzten acht Jahren sei das Leben für die über 30 Millionen Einwohner Marokkos angenehmer geworden. Der junge König würde von seinem Volk nicht gefürchtet wie sein Vater, sondern bewundert und ein bisschen auch geliebt, schlossen sie ihre Ausführungen.

Wir waren so versunken in das Gespräch, dass wir kaum etwas von der Musikgruppe aufnahmen, erst begeisterte Beifallsstürme ließen uns für eine Weile aufmerksamer zuhören. Dann setzten wir unsere Unterhaltung fort. Wir stellten fest, dass die Probleme der Bevölkerungsentwicklung unserer Länder genau gegensätzlich waren. Marokkos Bevölkerung war zu 65 Prozent unter 18 Jahre alt, bei uns lebten immer mehr ältere Menschen und wir hatten Probleme mit der sich bereits heute abzeichnenden Kostenlawine durch zu wenig Erwerbstätige gegenüber einer immer größer werdenden Zahl von Menschen, die nicht mehr im Erwerbsleben standen. Eigentlich müsste Marokko mit den vielen jungen Menschen eine glänzende Zukunft vor sich haben, meinte ich. Doch die beiden Marokkanerinnen warfen ein, dass die größte Zahl der jungen Marokkaner trotz aller Anstrengungen keine Arbeit habe und schlecht ausgebildet sei. So gebe es bereits jetzt in Marrakesch die paradoxe Situation, dass zwar immer mehr Investitionen in den Tourismus getätigt würden – es sollen bis 2015 pro Jahr bis zu 6 500 auf dann insgesamt 100 000 Hotelbetten hinzukommen –, aber dass die dafür ausgebildeten Arbeitskräfte fehlten. Wie die Stadtverwaltung mit diesem Hindernis der Expansion umgehen wolle, sei ihnen noch nicht klar.

Ich berichtete von unserer Entdeckung der großen Baustelle in der Medina und fragte, ob sie mehr darüber wüssten. Sie erzählten, dass dort ein Berliner Investor ein großes Zentrum für »Kreativität und Kongresse« bauen wolle. Sie fügten hinzu, so sehr, wie es viele Marrakschis freue, dass auch Ausländer Geld und neue Ideen in die Stadt brächten und damit auch die Aufbruchstimmung stützten, so bliebe doch ein Zweifel, ob damit nicht gerade der unvergleichliche Charakter der Medina, der seit Hunderten von Jahren unverändert magische Anziehungskraft auf Menschen aus der ganzen Welt ausgeübt habe, verloren gehen würde. Sie erzählten von einem Reisebericht aus dem 14. Jahrhundert, in dem das Treiben auf dem Djemaa el Fna schon so beschrieben wurde, wie es noch heute sei. Und ähnliche Berichte oder Auszüge aus Büchern aus den Jahrhunderten zuvor seien erst kürzlich wieder ausgegraben worden. Ich konnte ihre Bedenken gut verstehen und versuchte, ihnen etwas Zuversicht zu geben, indem ich auf die Feier des vorhergehenden Abends zurückkam, an dem ich so viel Achtung und Liebe für diese Stadt unter den Abendgästen empfunden hatte, dass ich an die Stärke von Marrakesch glauben würde, sich gegen die Vernichtung seiner Eigenheit zu behaupten. Später beim Nachdenken über diese Bemerkung fragte ich mich allerdings, ob mir so eine Behauptung überhaupt zustand oder ob ich andererseits vielleicht selber schon vom Reiz Marrakeschs vollkommen gefangen sei.

Nach unserer Diskussion war es so weit, dass zum Abschluss des Dinners Tee sowie Schalen mit frischem Obst und Gebäck aus Honig, Datteln und Mandeln aufgetragen wurden. Die Band spielte immer enthusiastischere Lieder, sodass wir uns dann auch ganz der Musik zuwandten. Es waren für mich in dieser Kombination neue Töne, denn die typisch orientalischen Rhythmen verband die Gruppe mit Rockmusik, dazu sangen zwei Frauen und Männer leidenschaftliche Songs. Die Frauen auf dem Fest waren begeistert und ich ließ mich anstecken. Als dann bei einem besonders rhythmischen und schnellen Stück der Musik die Fontänen in den Wasserbecken besonders hohe Wasserstrahlen sprühten und zu den Fackeln noch zusätzliche, riesige Wunderkerzen kleine leuchtende Sterne versprühten, dachte ich, das sei bereits der Höhepunkt und der Abschluss des Abends. Doch ich sollte mich täuschen.

Die Musikgruppe hörte unmittelbar nach dem letzten Lied und dem tosenden Beifall auf, es gab keine einzige Zugabe und zunächst eine Pause im Programm. Die Wasserfontänen wurden auf leichtes Plätschern heruntergefahren und in den Gastronomieräumen konnten wir ein emsiges Räumen und ein Hin und Her erkennen. Sfia und Fatima wurden ganz geheimnisvoll und kündigten an, nun komme erst die wirkliche Attraktion der Nacht. Sie ergänzten, dass die bekannte Soziologin und Buchautorin Fatima Mernissi das, was sich in Kürze hier abspielen würde, sehr gut in einem ihrer Bücher beschrieben habe. Etliche Gäste verließen jedoch bereits die Veranstaltung. Wir drei an unserem Tisch träumten etwas vor uns hin und unterhielten uns noch etwas über Marrakesch.

Sie erzählten, dass Marrakesch nach dem Ende des Protektorats durch die beiden Schriftsteller Peter Mayne und Elias Canetti bekannt gemacht worden war und in den sechziger Jahren des 20. Jahrhunderts von einigen reichen

Leuten aus Europa und USA wie Paul Getty und Arndt von Bohlen und Halbach als Viert- oder Fünftwohnsitz entdeckt wurde. Der internationale Jetset sowie Film- und Popstars kamen in die Stadt zu Konzerten oder Festivals. Die Liste wurde angeführt von Andy Warhol, Bob Dylan, Leonhard Cohen, Frank Zappa, Jimi Hendrix und den Rolling Stones. Danach seien Scharen von Hippies eingefallen und hätten sich so lange offen auf das marokkanische Haschisch gestürzt, bis der König Mitte der siebziger Jahre nicht zuletzt auf Druck der EU und den USA gegen den allzu offenen Umgang und Verkauf von Rauschmitteln vorging und die Hippies vertrieb. Trotzdem habe Marrakesch auch heute noch eine starke Anziehungskraft auf Menschen, die neue Eindrücke suchten und die Magie, die vom Orient ausging, kennenlernen wollten. Nicht zuletzt auch die in Quarzazate angesiedelten Filmstudios, die mittlerweile drei Golfplätze und die ausgezeichneten Luxushotels würden immer wieder Prominente und Reiche in die Stadt ziehen. Durch die Veranstaltung internationaler Festivals und Kongresse, mit traditionellen Festen und Spektakeln würde die Stadtverwaltung das ganze Jahr über Attraktionen fördern. Dieses heutige Fest sei aber hauptsächlich für die einheimischen Frauen gedacht und sie hätten mich eingeladen, weil sie den Eindruck gehabt hätten, dass ich wirklich interessiert und offen für das Leben in ihrer Stadt sei. Also war ich ganz gespannt.

Nach etwa einer halben Stunde war aus den Räumen, die zuvor als Küchenbereich genutzt worden waren, Trommelmusik zu hören. Meine Begleiterinnen forderten mich auf, ihnen nun in diese Räume zu folgen, und ich konnte in der dort herrschenden schwachen Beleuchtung so viel erkennen, dass an der linken Seite eine Gruppe von schwarzen Trommlern spielte und ansonsten die drei ineinander übergehenden großen Räume nur an den Wänden entlang umlaufende Sitzbänke hatten und sonst leer waren. Auf den Sitzbänken saßen dicht an dicht gedrängt die Frauen, viele standen aber auch herum. Es wurde vereinzelt Minztee und Saft oder Wasser gereicht. Die Frauen unterhielten sich leise, einige bewegten sich langsam im Rhythmus der Musik. Nach und nach wurde die Musik schneller und immer mehr Frauen begannen, die Bewegungen der anderen mitzumachen. Zwischen den einzelnen Stücken gab es kaum Pausen, nur ab und zu klinkten sich zwei oder drei der Musiker aus, während die anderen weitertrommelten. So wechselten sie sich gegenseitig ab, um fast durchgehend spielen zu können. Je schneller das Trommeltempo wurde, umso wilder tanzten die Frauen, auch standen immer mehr von den Bänken auf, viele zogen ihre Schuhe aus und legten die Kopfbedeckungen ab. Auch Sfia und Fatima tanzten mit und ich ließ mich ebenfalls mitziehen. Doch alles war vollkommen ohne Zwang, jede Frau konnte mitmachen oder nur zusehen. Einige tanzten so intensiv, dass sie sich nach einiger Zeit erschöpft auf dem Boden niederließen und wie betäubt wirkten, dann kamen andere Frauen, halfen ihnen auf, setzten sie zum Ausruhen auf die Bank und später stürzten sie sich wieder ins Getümmel. Alles war wie selbstverständlich und die Ausgelassenheit empfand ich so, als ob die Frauen sich mit diesen Tänzen wie von einem Druck befreien würden.

So ging es stundenlang, die Musiker spielten wie in Wellen schneller und zwischendurch auch etwas langsamer und die Tänze gingen immer weiter. So etwas hatte ich noch nie erlebt, auch bei unseren Beatabenden in meiner Jugendzeit nicht. Ich ließ mich von diesem Strom der Bewegung und dieser Energie vollkommen mitreißen und fühlte mich mit den anderen Frauen wie eins. Es war ein unendliches Wogen und Schwingen, oft mit geschlossenen Augen, und ich sang wie die anderen Frauen mit, obwohl ich die Worte nicht verstand, aber die Laute unwillkürlich formte. Über den Köpfen schwebte ein leichter Zimt-, Vanille- und Bergamotteduft und dazwischen wurde immer wieder Rosenwasser zur leichten Abkühlung gesprüht. Durch diese Düfte wurde die ganze Atmosphäre noch magischer. Je länger ich tanzte, umso mehr vergaß ich alles – Raum und Zeit –, und ich fühlte durch die Bewegung ganz intensiv meinen Körper. Später kam es mir vor, als sei ich über meinen Körper hinaus in eine ganz andere Sphäre gelangt und als hätte ich eine Grenze überschritten. Ich war in Ekstase, spürte eine unbändige Energie, war eins mit allem, hatte etwas wie ein Bewusstsein des Verstehens des Universums. Es war ein unbeschreibliches, wundervolles Empfinden bei der ständigen Bewegung und Schwingung und ich hätte ohne Ende in diesem Zustand bleiben können.

Irgendwann, es kann nach einigen Stunden gewesen sein, ganz langsam, wurde die Musik leiser und hörte ganz auf. Wir Frauen bewegten uns langsamer und ließen die Bewegungen noch einige Zeit weiter ausschwingen. Meine marokkanischen Freundinnen, die ich zwischendurch gar nicht mehr gesehen hatte, kamen auf mich zu, wir umarmten uns und ohne viel zu sagen spürte ich eine unbeschreibliche Übereinstimmung mit ihnen. Wir standen wie die anderen Frauen noch eine Weile in der Mitte und genossen diese Empfindung. Dann machten wir uns langsam auf den Nachhauseweg. Als wir in den offenen Innenhof kamen, waren alle Fackeln heruntergebrannt, doch weil es in den Räumen recht dunkel gewesen war, konnten wir uns nun in der Dunkelheit gut zurechtfinden. Beim Ausgang wurde allen Frauen als Abschiedsgruß noch ein kleines Fläschchen Parfüm mit dem Namen »Soir de Marrakech« überreicht, ich habe es noch heute als Erinnerung und öffne es manchmal, nur um daran zu riechen und mich betören zu lassen.

Als wir aus dem El-Badi-Palast herauskamen, wurde mir klar, dass ich mir gar keine Gedanken gemacht hatte, wie ich wieder nach Hause kommen sollte. Meine Freundinnen bestanden darauf, mich zum Hotel zu bringen, und so machten wir zu uns dritt auf den Weg zum Riad durch die nächtliche Medina. Auf diesem Weg waren wir alle drei noch ganz in den Empfindungen der letzten Stunden gefangen und redeten kein Wort, trotzdem blieb die Übereinstimmung ganz selbstverständlich weiterbestehen. Kurz bevor wir zum Riad kamen, fing das Gebet des Muezzins an. Das verstärkte nun endgültig die Magie dieser Nacht und es kam mir wie übersinnlich vor in diesem Augenblick.

Im Riad bestellten sich Sfia und Fatima über den Nachtportier ein Taxi und nachdem wir zusammen bis zur Ankunft des Taxis weiter in der bisherigen Andacht gewartet hatten, verabschiedeten wir uns ganz innig und ich war den beiden sehr dankbar für das Erlebnis dieser Nacht. Danach saß ich noch lange in der kühlen Luft auf den gemütlichen Sitzmöbeln in der Nische des Innenhofs. Ich ließ die Gedanken einfach kommen und gehen, bis ich vollkommen abgeschaltet hatte. Die Entrücktheit beim Tanzen kam wieder und ich hatte eine vollkommen einige geistige und körperliche Empfindung der Zufriedenheit, Ausgeglichenheit und des Verständnisses des Lebens und der Welt, das ich jedoch nicht in Worte fassen konnte. So saß ich lange, bis ich von dem Zwitschern der Vögel in den Bäumen geweckt wurde. Erst dann zog ich mich in unser Hotelzimmer zurück, und kaum war ich eingeschlafen, wurde ich von Marianne zum Frühstück geweckt.

Die Sterne zum Greifen nah

An diesem Morgen weckte Marianne mich etwas abrupt, denn sie wollte mich, wie sich herausstellte, unbedingt mit ihren englischen Freunden zum Golfplatz mitnehmen. Jack und Ted hatten in den letzten Tagen auf den Golfplätzen in Marrakesch gespielt und wollten, weil sie es als etwas ganz Besonderes erlebt hatten, auch uns an diesem Erlebnis teilhaben lassen. Ich war zwar zunächst durch den kurzen Schlaf etwas matt, doch schnell merkte ich, dass sich die Energie, die ich in der letzten Nacht empfunden hatte, sehr bald wieder einstellte, und so war ich nach dem Frühstück sofort mit der Fahrt zum Golfplatz einverstanden.

Nach dem Frühstück gingen wir zu viert vom Riad am Lycée Mohamed V. vorbei zum Bab Ghemat. Vor diesem Tor der Stadtmauer ist ein großer Platz, an dem die kleinen Stadttaxis, die größeren Taxis aufs Land sowie die Stadtbusse und Pferdekutschen auf Fahrgäste warteten. Daneben stand ein kleines Karussell und auf klapprigen Wagen wurde damit begonnen, Orangen, Granatäpfel und die Feigenkaktusfrüchte zum Verkauf aufzubauen. Auch einige Zigarettenhändler nahmen bereits ihre Plätze ein. An der Straße standen nebeneinander Grüppchen von Menschen, die auf die vorfahrenden Wagen warteten. Wir reihten uns ein und nach einiger Zeit konnten wir ein Taxi ergattern, mit dem wir zum Golfplatz fuhren.

Ich hatte bisher mit Golf nichts zu tun gehabt, denn ich und mein Mann hätten allein die Zeit gar nicht aufbringen können, die all die Leute, die ich als Golfspieler kannte, mit diesem Sport und der Verbesserung ihrer Fertigkeiten verbrachten. So war ich interessiert und gespannt, was wir nun auf einem Golfplatz in Marrakesch erleben würden. Jack und Ted waren nach ihren begeisterten Erzählungen langjährige Golfspieler und nutzten ihre Kurzurlaube dazu, auf den schönsten Golfplätzen der Welt zu spielen. Weil es in der Hitze ab Mittag auf dem offenen Gelände der Golfplätze sehr heiß wurde, begannen sie morgens recht früh. Die Anlagen lagen alle außerhalb der Stadt, einer davon, wie unsere Begleiter berichteten, in einem wunderbar angelegten Gelände in der Palmerai, zwei andere hinter großen Mauern an den großen Ausfallstraßen. Wir waren an diesem Morgen auf dem Weg zum »Royal-Golfklub«, der an der Straße lag, die in Richtung des Atlasgebirges führte. Dazu fuhren wir zunächst links an einem großen ausgetrockneten Flussbett vorbei. Auf der anderen Uferseite befand sich ein lang gestreckter, außerhalb der Altstadt liegender Stadtteil, der aus eng aneinander stehenden alten Häuserblocks bestand. Es war zu sehen, wie dort langsam das Tagewerk begann. Danach fuhren wir eine Weile an Olivenbaum- und Obstbaumplantagen vorbei, in den zwischen den Baumreihen verlaufenden Gräben lief langsam das Wasser zum morgendlichen Bewässern der Bäume, auf der Straße herrschte reger Verkehr in die Stadt hinein. Plötzlich hielten wir an einer hohen Mauer und einer großen Einfahrt, an der die marokkanische Flagge wehte, und fuhren dann mit dem Taxi bis zum Empfangsgebäude des Klubs.

Unsere Begleiter wickelten die Formalitäten für die Nutzung des Golfplatzes ab, packten ihre Golfschläger und das übrige Zubehör aus und machten sich mit den Besonderheiten des Platzes bekannt. Marianne und ich wollten nur eine Weile auf dem Platz mitlaufen und später in einem der zusätzlichen Erholungsgelegenheiten den Tag genießen, denn zu einem Schnuppertag beim Golfspielen konnten wir uns nicht überreden lassen. Als wir dann aus dem Klubhaus heraus auf den Golfplatz kamen, bot sich uns ein unbeschreibliches Bild. Vor uns lag ein wunderbar gepflegter, riesiger Rasenbereich mit kleinen grünen Hügeln, Palmen, kleinen Wasserteichen und, weit in der Landschaft verstreut, auch kleinen Gebäuden aus dem typischen rötlichen Lehm von Marrakesch. Es war ein großer grüner Fleck inmitten der Wüste – wie ein leuchtender Smaragd. Jedoch dahinter – das war das eigentlich Atemberaubende – erhoben sich die riesigen Berge des Atlas, zum Teil von der Morgensonne beschienen. Uns blieb fast der Atem stehen ob dieses erhabenen Anblicks. Marianne und ich stellten uns vor, dass dieses Panorama für die Golfspieler sehr ablenkend sein müsste. Jack und Ted meinten, die Golfplätze von Marrakesch seien wirklich sehr schön, doch es gebe einen internationalen Wettkampf unter den Golfplätzen, die schönsten Anlagen an den exponiertesten Stellen zu haben, und wirkliche Golfenthusiasten würden das nur als schöne Beigabe betrachten, denn das Spielen würde immer ganz an erster Stelle stehen.

Wie verabredet liefen Marianne und ich etwa eine Stunde beim Golfspiel der beiden mit, dann suchten wir die überdachte und mit Bougainvilleen überwucherte Terrasse eines der Gesellschaftshäuser des Golfklubs auf und ließen die Seele baumeln. Wir nahmen später einen kleinen Imbiss ein und tranken eisgekühlte alkoholfreie Cocktails.

Ich erzählte Marianne, dass ich am Abend zuvor ein ganz ausgelassenes Fest gefeiert habe und dort kein einziger Tropfen Alkohol ausgeschenkt worden sei. Ich fand das sehr beeindruckend im Vergleich mit den öffentlichen Trinkgelagen und -exzessen, von denen in Europa, Amerika und Russland zu hören war und die wir ja selbst auch bei Feiern manchmal erlebten.

Später machten wir es uns auf dem Rasen vor der Terrasse in den dort stehenden Liegestühlen bequem und ich holte so auch ein bisschen Schlaf nach. Am frühen Nachmittag, kurz bevor unsere beiden Golfspieler am Ende ihres Spiels zu uns stießen, klingelte mein Handy und André und Simone, mit denen ich schon zwei Abende verbracht hatte, luden mich und meine Freunde für den Abend zu einer Sternennacht in der Wüste ein. Ich brauchte etwas Zeit, um die anderen zur Teilnahme zu überreden, doch zum Schluss willigten sie ein und wir verabredeten uns alle am Abend auf dem großen Platz vor dem Bab Ghemat.

Nach dem Golfspielen wollten uns die Engländer noch etwas ganz Besonderes bieten, indem sie geheimnisvoll taten, als wir am Ausgang des Golfklubs ins Taxi einstiegen und dieses, statt den Weg in die Stadt einzuschlagen, in die andere Richtung fuhr. Etwa drei Kilometer hinter dem Eingang zum Golfklub bog der Taxifahrer wieder links durch ein großes Tor in ein eingezäuntes Gelände ein. Von den Torhäusern führte ein breiter Weg zu einem großen Gebäudekomplex. Neben den noblen schwarzen Karossen auf dem Parkplatz wirkte unser kleines, altes, ockergelbes Taxi ganz bescheiden. Wir stiegen aus und wurden im Hoteleingang freundlich empfangen. Es stellte sich heraus, dass wir nun in einem der exklusivsten Hotels von Marrakesch – dem »Amanjena« – angekommen waren. Unsere Begleiter wollten uns hier zu einem Tee einladen und berichteten, dass einige Besucher in Marrakesch nur zum Teetrinken in eins der großen und teuren Hotels in die Hotelbar gehen. So ist von dem mondänen Flair dort etwas zu erhaschen, wenn man sich den Aufenthalt für mehrere Tage dort nicht leisten kann. Wir gingen zunächst etwas herum, um uns einen Eindruck von der geschmackvoll und elegant gestalteten Anlage zu machen.

Das Hotel bestand aus einem großen Hauptgebäude und etlichen einzeln stehenden Gebäuden an einem großen Wasserbecken und quer dazu verlaufenden Kanälen. Alle Gebäude waren in einem Stil gebaut, der zwischen indischen und orientalischen Baustilen lag. Sowohl die äußeren als auch inneren Wände waren in einem warmen, rötlichen Sandstein gehalten. Entlang der Wasserbecken standen große Palmen, die sich mit den Gebäuden im ruhigen, glatten Wasser spiegelten. Zwischen den Anlagen waren akkurat geschnittene, halbhohe Buchsbaumhecken angelegt. Rechts hinter dem großen Gebäude befand sich ein großer Swimmingpool, um den herum weiß gedeckte Tische und auch viele Liegestühle unter großen weißen Segeltuchsonnenschirmen standen. Dahinter war das Restaurant. Von der Lobby aus gesehen links war eine Bibliothek, in der die Gäste sich Bücher, Musikkassetten oder CDs ausleihen konnten.

Nachdem wir die gepflegte Anlage bewundert hatten, nahmen wir in der Lobby an einem halbhohen Tischchen in bequemen Sitzmöbeln Platz, mit einem herrlichen Blick nach außen auf das Wasserbecken. Auch dieser Raum war ausgesprochen geschmackvoll gestaltet. Im Gegensatz zu vielen mit Prunk überladenen First-Class-Hotels einiger großen Hotelketten war die Gestaltung sehr spartanisch und auf einzelne besondere Möbelstücke und exotische Exponate konzentriert. Das strahlte Ruhe und Erhabenheit aus. Am Eingang vor der Lobby befand sich ein breiter und hoher Quergang, der wohl die verschiedenen Bereiche des Hautgebäudes miteinander verband. Wir bestellten alkoholfreie Cocktails und einige Knabbereien und genossen die ruhige und freundliche Atmosphäre. Es war so, als müsste jeden Augenblick einer oder eine der prominenten Schauspieler um die Ecke kommen, die alle schon in Marrakesch gewesen waren, oder einer der großen indischen Industriellen, die gerade mit ihren Firmenkäufen weltweit für Furore sorgten. Doch es war alles so distinguiert, dass wir oder keiner der anderen Gäste dieser Prominenz auch nur ein Fünkchen Aufmerksamkeit geschenkt hätten.

Wir erkundigten uns bei der freundlichen Bedienung nach den Angeboten des Hotels und erfuhren von einer Hotelmanagerin, die geholt wurde, dass die Gebäude an den Wasserbecken so ausgestattet waren, dass dort vollkommene Abgeschlossenheit mit allem nur erdenklichen Komfort möglich war und dass auch große Familien mit einem Tross von Bediensteten dort wohnen konnten.

Wir waren von diesem Luxus beeindruckt, gleichzeitig aber auch davon, dass dieser nicht pompös und überladen zur Schau gestellt wurde, sondern eher leise mit Zurückhaltung und dezentem Geschmack. Im Gegensatz zu dem Staub, dem Dreck und der Hektik auf der Straße vor der

Hotelanlage herrschte hier penible Sauberkeit und absolute Ruhe. Abermals fand ich diese Gegensätze so nah beieinander wie kaum sonst in einem Land.

Wir bestellten wieder ein Taxi für die Rückfahrt in unseren Riad und liefen, wieder in der Stadt, vom großen Taxistand am Bab Ghemat zu Fuß zum Hotel durch die Altstadt. Auf dem Platz war das Karussell im Gange und an einigen Schaubuden wurden allerlei Nippes, so wie bei unseren Volksfesten, verkauft. Gleich daneben wurde aber auch noch Gemüse und Obst von Pritschenwagen, neben denen dürre Gäule und Esel standen, angeboten. Auf diesem Weg kam mir alles so vertraut vor, als lebte ich schon sehr lange in dieser Stadt.

Nach diesem ruhigen Tag machten wir uns ohne Eile für die Sternennacht in der Wüste fertig. Uns war nicht klar, was dort stattfinden würde, und da wir annahmen, dass es im Freien ohne die von der Tagessonne aufgeheizten Gebäude in der Stadt bei Dunkelheit kühl werden würde, zogen Marianne und ich Jeans und Pullover über unseren Blusen an und nahmen uns auch noch einen Blazer und warme Tücher mit.

Um Punkt acht Uhr abends waren wir zu viert am Parkplatz und ich fand zunächst meine französischen Freunde nicht. Nach einigem Herumgehen zwischen den unzähligen Grüppchen von schwer mit Gepäck bepackten Leuten bei den Taxiständen sah ich sie am linken Ende des Platzes, wild winkend. Sie standen da mit einem kleinen Transporter, der für die Beförderung von Personen ausgebaut war, und hatten auch schon nach uns gesucht. Außer uns fuhr noch ein junges Paar aus der Schweiz mit. Als wir alle im Transporter Platz genommen hatten, ging es zügig los. Der Fahrer schlug die gleiche Richtung zum Atlasgebirge ein, die wir heute Morgen zum Golfplatz gefahren waren. André und Simone erzählten auf der Fahrt, dass der Taxiplatz am Bab Ghemat der Treffpunkt für die Stadtfahrten, aber auch für die Fahrten nach Quarzazate und ins Atlasgebirge war. Sie erklärten weiter, dass die kleinen ockergelben Taxis nur die Stadtfahrten erledigen würden und die großen cremefarbenen Taxis auch Fahrten zum Flughafen oder aufs Land machen. Daher die vielen Menschen, denn dort würden sich die Leute aus dem Atlas oder anderen weit entfernten Gebieten treffen und gemeinsam nach ihren Besorgungen oder dem Verkauf von Waren, die sie von der Ernte nach Marrakesch gebracht hatten, wieder auf den langen Weg nach Hause machen. Meist würden sie dann bis spät in die Nacht hinein oder sogar bis zum anderen Tag unterwegs sein. Deshalb auch das bunte Treiben und die Jahrmarktstimmung auf dem Platz.

Sie erzählten uns auch noch einiges über die Stadtteile auf der anderen Seite des ausgetrockneten Flussbettes, in denen die eng beieinanderstehenden Häuser aus jüngerer Zeit als die Medina stammten. Dieser Stadtteil lag aber näher am Stadtzentrum als die vielen neuen Stadtteile mit modern ausgestatteten Wohnungen rund um Marrakesch, die wir bei der Stadtrundfahrt ebenfalls gesehen hatten.

Wir kamen wieder an dem Golfklub und der Einfahrt zum »Amanjena« vorbei und fuhren die Straße in Richtung Atlasgebirge etwa eine dreiviertel Stunde weiter. Dann bog der Fahrer rechts ab und nach einigen Kilometern auf einer holprigen Straße und durch karge Landschaft machte er an einem großen eingezäunten, flachen Gelände Halt. Es standen schon sehr viele andere Autos davor. Als wir ausstiegen, wich die Dämmerung schon der Dunkelheit. Wir gingen durch ein großes hölzernes Tor. Auf dem Areal waren unzählige kleine Lichter zu erkennen, an der dem Tor gegenüberliegenden Seite befand sich ein großes, nach drei Seiten offenes Zelt mit breitem, ausladendem Dach in hellem Stoff, davor eine größere freie Fläche. Links und rechts vom Zelt waren etliche kleine Lehmbauten, in denen unten rote Glut zu sehen war und aus denen es leicht qualmte. An den Seiten davon standen kleinere Zelte, in denen mit Schüsseln und Töpfen und Getränken hantiert wurde.

André hatte sich, nachdem wir uns etwas umgesehen hatten, erkundigt, wo wir uns niederlassen konnten, und so gingen wir gemeinsam zu einem der kleinen Lichter weit nach vorn auf der rechten Seite. Ich konnte nun erkennen, dass die Lichter kleine Öllämpchen waren, die auf ganz niedrigen runden Holztischchen standen. Um die Tischchen herum lagen große Sitzkissen und grobe Wolldecken. Wir nahmen an unserem Tisch auf den großen Kissen am Boden Platz und nach etwas Geplauder und Scherzen über die für uns ungewöhnliche Sitzhaltung warteten wir gespannt auf den weiteren Abend. Wir erfuhren, dass es Mechoui, ein ganzes, im Erdofen gegartes Lamm, das beliebteste marokkanische Festessen, geben würde. Dazu wurde das Lamm vor dem Backen mit Butterschmalz und Zwiebeln eingerieben, dann der Länge nach aufgespießt und in einen extra dafür aus Lehm hergestellten Ofen gehängt. Das waren die kleinen Lehmbauten links und rechts von dem großen Zelt, die wir gesehen hatten. Der Ofen war Stunden vorher mit glühender Kohle gefüllt worden, bis er richtig heiß war, und dann wurde das Lamm hineingehängt und der Ofen mit frischem Lehm verschlossen. Nach Stunden, genau zum richtigen Zeitpunkt, wird der Ofen geöffnet, denn das Lamm soll butterweich und die Kruste goldbraun sein. So stellten wir uns noch auf etwas Warten ein. Doch wir waren erstaunt, dass kurz nachdem unter dem großen Zeltdach Musik zu spielen begann und wir kalte Obstsäfte bekommen hatten, es schon mit dem Essen losging.

Da wir ziemlich weit vorne saßen, konnten wir im Schein von seitlich aufgestellten Fackeln erkennen, wie die Lehmöfen vom Gastronomiepersonal geöffnet, die dampfenden Hammel herausgeholt und mit den Spießenden auf Halterungen befestigt wurden. Dann wurden mit großen Messern, die fast wie Säbel aussahen, Stücke von den Lämmern abgeschnitten und auf große Platten gelegt. Der köstliche Duft des Fleisches wehte über den ganzen Platz und uns lief vor Vorfreude auf das Essen das Wasser im Mund zusammen.

Die Platten wurden auf die Tische verteilt, dazu wurde Fladenbrot, eingelegte Oliven und weiteres in Öl und Kräutern eingelegtes Gemüse gereicht. Wir waren alle begeistert. Das Fleisch war – wie vorher beschrieben – butterweich, das Fladenbrot ganz frisch und die würzigen Beilagen passten so gut dazu, dass wir immer wieder nachlangen mussten. Unsere Franzosen hatten vier Flaschen Rotwein mitgebracht, weil sie meinten, selbst so ein köstliches Essen schmecke mit einem guten Rotwein noch dreimal besser und nach islamischem Brauch gebe es dazu eben keinen Alkohol, deshalb würden sie manchmal Wein mitnehmen, und das werde auch von den Veranstaltern geduldet.

Während des Essens, das insgesamt fast zwei Stunden gedauert hatte, war uns die Musik kaum aufgefallen. Nun spielte unter dem großen Zeltdach die Musikgruppe orientalische Musik und eine junge Frau und ein junger Mann sangen dazu. Es war eine sehr eingängige Melodie. Es klang wie ein Liebeslied oder eine leidenschaftliche Auseinandersetzung. Ich verstand natürlich nichts von dem Text des Liedes, nur das Wort »asni« oder »asi« wiederholte sich immer wieder. Das Lied lullte mich vollkommen ein und ich summte leise mit. Nach weiteren zwei Liedern fingen Bauchtänzerinnen auf der freien Fläche vor dem Zelt an, zur Musik zu tanzen. Auch diese Fläche war mit Fackeln teilweise erleuchtet und dadurch wirkten die Darstellung und die Bewegungen der Tänzerinnen magisch, und es kam mir vor, als würde ich mich in einem Märchen befinden.

Zum Beginn waren der Tanz und die Musik langsam und gehalten, nach und nach wurde der Rhythmus der Musik schneller und die Bewegungen der Tänzerinnen expressiver. Zum Schluss steigerte sich die Darbietung so, dass die Künstler alle wie in Ekstase spielten, sangen und tanzten und das Publikum begeistert mitging. Als das Tempo anstieg, stürmten nach und nach Leute aus dem Publikum auf die Tanzfläche und tanzten. Auch wir wurden mitgerissen. Nach dem Höhepunkt dieser Darbietung lagen wir uns begeistert in den Armen.

Dann gab es zunächst eine Pause, wir unterhielten uns über die Musik und die Tänze und Simone erzählte, dass die Gruppe in Marokko sehr populär sei und auch die Bauchtänzerinnen über ihre Auftritte in einem der Nachtklubs in Marrakesch sehr beliebt seien. Nach etwa einer halben Stunde ohne Musik wurden alle gebeten, die Öllichter auf den Tischchen zu löschen, auch waren mittlerweile alle Fackeln heruntergebrannt. Auf dem Gelände wurde es stockdunkel, zunächst. Als wir uns umsahen und nach oben zum Himmel blickten, bot sich uns ein unbeschreibliches Bild: Über uns, zum Greifen nahe – waren die Sterne zu sehen. Der ganze Himmel war übersät mit ihnen, sie leuchteten so hell und es waren so viele, wie ich es in Europa nie gesehen hatte. Wir alle an unserem Tisch teilten diesen Eindruck, auch alle anderen Gäste des Festes waren von diesem Sternenhimmel überwältigt und konnten von diesem Anblick nicht lassen. Wir suchten die Sternbilder und machten uns gegenseitig flüsternd darauf aufmerksam, wenn wir etwas erkannten. Über den Sternenhimmel zog sich wie weiße Schlieren ein Band, es war die Milchstraße, die in dieser klaren Luft auch ganz deutlich zu sehen war.

Nach langem Staunen wurden wir alle ganz andächtig; nun wurde uns klar, was eine Sternennacht in der Wüste bedeutet. André sagte, sie hätten diesen Himmel in der Wüste schon oft gesehen, doch jedes Mal würden sie davon wieder von Neuem überwältigt.

Und dann, nach etlicher Zeit der Ruhe, wurden wir von den Veranstaltern auf Französisch und Arabisch um besondere Aufmerksamkeit gebeten. Es wurde allen Teilnehmern angeboten, sich aus dem Sternenhimmel einen Stern auszusuchen, für den sie Pate sein wollten. Es wurde weiter ausgeführt, dass die Patenschaft registriert und dazu eine Urkunde ausgestellt werden würde. Durch mehrere große Fernrohre, die dazu auf der Tanzfläche aufgebaut worden waren, konnten sich die Paten ihre Sterne aussuchen. Ich war begeistert von dieser Aussicht und stürmte als eine der Ersten zur Anmeldung für die Registrierung. Als ich durch das Fernglas blickte, waren die einzelnen Sterne noch klarer und ganz nah zu sehen. Es war ein wunderbares Leuchten und Glitzern. Ich ließ mir lange Zeit zum Aussuchen, weil ich mich zunächst nicht für einen bestimmten Stern entscheiden konnte, denn wonach sollte ich den einen oder anderen Stern auswählen? Als ich am Suchen war, kam plötzlich meine geheimnisvolle Freundin aus Marrakesch auf mich zu. Ich hatte sie an diesem Abend bis dahin noch gar nicht gesehen. Sie begrüßte mich herzlich, suchte mit mir einen Stern aus und wir unterhielten uns nebenbei noch über meinen Aufenthalt in Marrakesch. Letztendlich entschied ich mich mit ihrer Unterstützung für einen kleinen Stern in der Nähe des Sternbilds Delfin und erhielt die Patenschaft für den Stern mit der Nummer 169979. Ich erzählte ihr, dass ich am kommenden Tag Marrakesch wieder verlassen würde, und sie sagte, dass sie zum Abschied zum Flughafen kommen würde und gespannt auf mein eigenes Geheimnis sei.

Bis alle Teilnehmer ihre Patenschaft registriert hatten, dauerte es lange, doch mir wurde es nicht langweilig, denn das Zuschauen, wie die anderen Teilnehmer ihre Sterne auswählten, war genauso mitreißend, wie selbst dabei zu sein. Auch an unserem Tisch beteiligten sich alle nach und nach und wir tauschten dann unsere Patenschaftsurkunden zu unseren Sternen aus. Marianne und Jack nahmen eine gemeinsame Patenschaft an und diese kleine Gemeinsamkeit war ein ganz reizendes Symbol für ihre neue Liebe. Während der Registrierung der Patenschaften hatte nach einer Weile eine neue Musikgruppe ganz leise angefangen zu trommeln. Als alle Gäste ihre Sternenurkunden ausgehändigt bekommen hatten und die Fernrohre wieder abgeräumt waren, kam die Gruppe auf die Tanzfläche und erhöhte die Lautstärke und das Tempo. Dazu wurden nun von den Trommlern auch Lieder gesungen und einige aus dem Publikum stimmten mit ein. Nach und nach kamen immer mehr Leute auf die Tanzfläche und tanzten in Gruppen im Kreis mit. Auch wir von unserem Tisch reihten uns ein. So tanzten wir lange mit, bis sich um uns herum immer mehr Leute zurückzogen. Zum Schluss gaben wir uns untereinander Zeichen, dass es auch für uns Zeit wurde, uns auf die Rückfahrt nach Marrakesch zu machen.

Im Auto redeten wir fast die ganze Zeit über diese erhabene Nacht und alle waren wir stolz auf unseren jeweiligen Stern. Als wir uns Marrakesch näherten, dämmerte ganz leicht der neue Tag und Marianne und mir wurde bewusst, dass wir an diesem Tag mittags wieder nach Hause fliegen mussten. Obwohl ich die ganze Nacht wieder nicht geschlafen hatte, war ich nicht müde, sondern noch ganz gefangen in der Magie der Erlebnisse.

Die beiden Schweizer überredeten mich dazu, mich nur kurz im Hotel umzuziehen und uns dann sofort wieder am Bab Ghemat zu treffen, um in den frühen Morgenstunden eine Joggingrunde um die zwölf Kilometer lange Stadtmauer zu machen. Sie hatten mir erzählt, dass sie dies schon etliche Male gemacht hätten, da sie öfter nach Marrakesch kämen und dies, wenn die Stadt noch schläft und es noch nicht so heiß ist, ein wunderbares Erlebnis sei.

Um Schlag halb fünf, gerade als die Muezzins ihr Morgengebet anstimmten, trabten wir los und liefen langsam an der Stadtmauer entlang von Osten in westliche Richtung – also entgegen dem Uhrzeigersinn. Es war tatsächlich sehr beeindruckend, denn von dem bunten Treiben, das sonst auf den Straßen und in der Medina herrschte, war zu dieser Tageszeit noch nichts zu sehen. Nur ein paar vereinzelte Pkw fuhren auf den breiten Straßen außerhalb der Altstadt entlang und eine Kolonne der Müllabfuhr machte sich offenbar mit ihrem großen Wagen auf den Weg in ihr Revier. Ich hatte die Stadtmauer bisher immer nur abschnittsweise bei der Stadtrundfahrt oder mit dem Taxi gesehen oder wenn wir aus der Altstadt ein Tor passierten. Nun nahm ich sie in ihrer vollen Länge wahr und bei diesem Lauf um die Altstadt konnte ich mir gut ausmalen, wie es den Menschen bereits vor Hunderten von Jahren und auch noch heute erging, wenn sie innerhalb dieser Mauern Schutz suchten. Die warme rote Farbe, die mit dem Hellerwerden des Tages kräftiger wurde, ließ dieses Gefühl der Geborgenheit hinter dieser Mauer noch stärker werden.

Am südwestlichen Teil der Stadtmauer bogen wir ab und liefen die Rue de la Menara entlang bis zu den Menara-Gärten. Dort war das Gelände schon geöffnet und in den Oliven- und Obstplantagen wurden gerade die Bewässerungsgräben geflutet. Wir drehten eine Runde um das große Wasserbassin, in dem sich in der Morgensonne das kleine Lustschloss spiegelte, das hier von einem der früheren Sultane für seine Favoritin gebaut worden war, und dann liefen wir noch einige Wege in den Plantagen auf und ab, um danach wieder auf der breiten Rue zurück zur Stadtmauer zu traben. Insgesamt waren wir so zwei Stunden unterwegs, meine Joggingpartner verabschiedeten sich am Riad von mir, ich bedankte mich für diese schöne Runde und fiel dann doch noch bis zehn Uhr ins Bett.

Ich frühstückte ganz schnell. Marianne war schon länger wach und hatte sich von ihrer neuen Liebe verabschiedet, denn Jack und Ted mussten schon etwas früher als wir zum Flughafen fahren und durch die lange Nacht waren sie ziemlich unter Zeitdruck geraten. Wir packten eilig unsere Sachen. Spontan entschlossen wir uns zu einem Abschiedsrundgang über den Djemaa el Fna. So machten wir uns einige Minuten nach elf noch einmal auf den Weg durch die engen Gassen. Um diese Uhrzeit war das Leben mit seiner täglichen emsigen Betriebsamkeit im Gange, die Touristen waren schon wieder unterwegs und die Einheimischen erledigten ihre Besorgungen.

Wir drehten eine große Runde um den Platz und setzten uns dann noch für einen Kaffee auf die Terrasse im Erdgeschoss des »Café de France«. In Gedanken versunken ließen wir die letzten Tage noch einmal vor unseren Augen Revue passieren. Mit einem Lächeln nahmen wir Abschied und machten uns zum Hotel auf, wo uns schon bald das Taxi zum Flughafen abholte. Als wir so zum letzten Mal im Hotel ankamen, um die Heimreise anzutreten, wurde mir die Nachricht überbracht, dass mein Koffer heute am

Flughafen in Marrakesch angekommen sei. Er war wohl fehlgeleitet worden und erst durch die Suchmeldung wieder aufgetaucht. So nahm ich ihn am Service bei der Ausreise in Empfang und ungeöffnet wieder mit nach Hause.

Ein neues Leben beginnt

Das Flugzeug setzte mit einem Ruck auf. Ich war kurz nach dem Start in Madrid eingeschlafen und nun war dies in jeder Beziehung eine harte Landung. Ich rieb mir die Augen und wusste beim Aufwachen erst nicht, wo ich war. Während das Flugzeug noch langsam von der Landebahn zum Standplatz rollte, fingen die anderen Passagiere schon an, aufzustehen und die Gepäckstücke aus der Ablage herauszuzerren. Marianne machte wie ich keine Anstalten, sich zu erheben. Sie hing noch in Gedanken ihrer neuen Verliebtheit nach und ich hatte so viele unglaubliche Eindrücke gesammelt, dass es schwerfiel, zu realisieren, dass wir bald wieder zu Hause sein würden. Der Rest der Reise auf dem Weg in unsere Heimat und für jede in die eigene Wohnung war Routine. Wir waren noch so gefangen in unseren Gefühlen und müde dazu, dass wir uns nur kurz verabschiedeten.

Mein Mann war noch nicht zu Hause, als ich ankam, und ich setzte mich erst mal in unsere Küche, machte mir einen Tee und schlürfte ihn ganz langsam. Ich sah mich um, es war alles wie vor meiner Reise nach Marrakesch und doch anders. Irgendetwas musste in den sechs Tagen, die ich fort war, passiert sein. Ich fühlte mich heimisch und gleichzeitig fremd. Gerüche, Geräusche und Farben waren ganz intensiv und gingen in Gefühle über. Es war so, als würde ich das, was ich sah oder hörte, gleichzeitig spüren und empfinden können. So intensiv und mit allen Sinnen hatte ich vorher meine Umgebung nicht wahrgenommen.

Nach einiger Zeit wurde ich unruhig und begann, meine Koffer auszupacken. Endlich, es war schon spät in der Nacht, kam mein Mann nach Hause. Wir begrüßten uns überschwänglich. Ich hatte das Gefühl, als wären wir Jahre getrennt gewesen und hätten uns nun wiedergefunden. Wir gingen schnell ins Bett und nach langer Zeit konnten wir wieder zärtlich und leidenschaftlich zueinander sein. Danach schlief ich lange und fest.

Am andern Morgen beim Frühstück sah mich mein Mann bohrend an und fragte: »Was ist los? Du bist so verwandelt! Warst du wirklich in Marrakesch oder ganz woanders? Sag, was hast du erlebt, wie ist es dir ergangen?«

Ich antwortete: »Natürlich war ich in Marrakesch, warum sollte ich etwas anderes gemacht haben?« Er sagte: »Du wirkst, als hättest du eine Schönheits- oder Verjüngungskur gemacht. Du strahlst irgendwie. Wie hast du das gemacht?« Darauf konnte ich nur sagen: »Es waren sehr intensive Tage. Ich habe viele neue Eindrücke bekommen, eine vollkommen andere Welt kennengelernt, doch ich kann noch nicht darüber reden. Das, was ich gesehen, gehört, gerochen und gefühlt habe, kann ich noch nicht in Worte fassen. Ich muss es erst verarbeiten. Über Reden geht das nicht. Nimm es einfach hin.« Er schaute mich ungläubig und noch bohrender an, sodass ich mich beeilte, hinzuzufügen: »Sei sicher, es steckt kein anderer Mann dahinter, und mit Marianne hat es auch nichts zu tun, sondern ganz allein mit mir.« Er sagte dann nur: »Das klingt ja fast magisch!«

Schnell hatte mich in den nächsten Tagen die Arbeit wieder eingeholt. Doch neben dem Alltag und der Anspannung blieb das neue Empfinden. In Gesprächen oder bei den unterschiedlichsten Tätigkeiten hatte ich Gefühle oder Empfindungen, die ich vorher nicht wahrgenommen hatte. Es war so, als ob ich erstmals offen war für etwas, vor dem ich mich vor meiner Marrakeschreise abgeschottet hatte, oder als ob ich vorher wie tot oder abgestorben gewesen war.

Manchmal kam es mir jetzt sogar so vor, als könnte ich fühlen oder aufnehmen, was andere Menschen fühlten oder dachten. Ja es gab sogar Momente, in denen ich, kurz bevor jemand einen Satz aussprach, genau die Worte bereits im Sinn hatte, die er mir sagen würde. Meine Gesprächs- partner oder Leute, mit denen ich zufällig zu tun hatte, sprachen wortwörtlich meine vorherigen Gedanken aus.

In manchen Situationen fühlte ich plötzlich Wärme oder Kälte im Körper und wurde dadurch besonders aufmerk- sam auf das, was um mich herum passierte oder was mein Gegenüber sagte. Diese Empfindungen waren ganz neu, denn bisher war ich in ähnlichen Situationen zwar kon- zentriert, aber ohne Gefühle gewesen. Es spielte sich vor meiner Marokkoreise alles nur im Kopf ab, nun war auch mein Körper beteiligt. Alle meine Sinne waren auf einmal viel stärker und gleichzeitig aufnahmebereit. Dies wurde mir mehr und mehr bewusst. Marrakesch hatte mich ver- ändert, ohne Zweifel. Und es tat mir sehr gut.

Eines ließ mir jedoch keine Ruhe. Ich konnte es mir ein- fach nicht erklären, warum mich meine geheimnisvolle Freundin, die ich in Marrakesch immer wieder getroffen hatte, trotz ihres Versprechens nicht am Flughafen verabschiedet hatte. Ich hatte auch keine Telefonnummer und keine Adresse von ihr, nicht mal ihren Namen, um nach ihr zu forschen und von zu Hause aus Kontakt zu ihr aufnehmen zu können. Und es ließ mir keine Ruhe, dass ich das von ihr mir so ans Herz gelegte eigene Geheimnis von Marrakesch nicht entdeckt hatte. Trotz meiner Veränderung, die mein Mann jeden Tag wieder bewunderte und die unser gemeinsames Leben wieder sehr intensiv machte, wurde ich immer unruhiger, weil ich dieses Geheimnis nicht fand.

Nach drei Monaten wachte ich mitten in der Nacht plötzlich auf. Die Unruhe, die ich vor dem traumlosen Schlaf schon gehabt hatte, hatte nun meinen ganzen Körper erfasst. Ich setzte mich im Bett auf, lehnte mich an die Rückenlehne des Bettes und starrte in die Dunkelheit. Plötzlich kam es auf mich zu, ein Gefühl, eine Erkenntnis, ein tiefes und endgültiges Verstehen. Wärme und Helligkeit durchströmten meinen Körper, obwohl es um mich herum dunkel war.

Und mit einem Mal war mir klar, was mein ganz eigenes magisches Geheimnis von Marrakesch ist: »Marrakesch ist Vergangenheit, Gegenwart und Zukunft in einem, zur gleichen Zeit.« Und alles habe ich gleichzeitig erlebt.

Ich spann diesen Gedanken, diese Erkenntnis, dieses Gefühl weiter und es wurde mir alles klar. Genau das – Vergangenheit, Gegenwart und Zukunft gleichzeitig – hatte ich in den sechs Tagen Marrakesch erlebt. Das Licht des Sterns kam bereits aus der Vergangenheit, als ich es in jener Nacht gesehen habe, und es wird noch in der Zukunft scheinen. Meine geheimnisvolle Freundin war ich selbst, ich hatte mich aus der Zukunft bei meinem Besuch in Marrakesch in der Gegenwart begleitet. Deshalb konnte sie nicht zum Flughafen kommen, denn als ich die Stadt in der Gegenwart wieder verließ, war sie wieder Zukunft. Dieses Erlebnis, dieses Empfinden konnte ich nur während meines Aufenthalts in Marrakesch haben, weil ich für dieses Phänomen durch die Intensität des Lebens in dieser Stadt offen war.